SELVA CONCRETA

edyr augusto

SELVA CONCRETA

Copyright © Boitempo Editorial, 2012

Coordenação editorial
Ivana Jinkings

Editora-adjunta
Bibiana Leme

Assistência editorial
Pedro Carvalho e Camila Nakazone

Preparação e revisão
Ana Lotufo Valverde e Fernanda Marão

Diagramação
Crayon Editorial

Capa
Antonio Kehl,
sobre ideia original de Camila Proença

Produção
Livia Campos

Dados Internacionais de Catalogação na Publicação (CIP)
(Câmara Brasileira do Livro, SP, Brasil)

A936s

Augusto, Edyr, 1954
Selva concreta / Edyr Augusto Proença. – São Paulo:
Boitempo ; Belém, PA : Samauma Editorial, 2012.

ISBN 978-85-7559-286-1
1. Romance brasileiro. I. Título.

12-5257.	CDD: 869.93
	CDU: 821.134.3(81)-3
24.07.12 02.08.12	037624

É vedada a reprodução de qualquer
parte deste livro sem a expressa autorização da editora.

1ª edição: agosto de 2012;
1ª reimpressão: fevereiro de 2015; 2ª reimpressão: dezembro de 2021

BOITEMPO EDITORIAL
Jinkings Editores Associados Ltda.
Rua Pereira Leite, 373
05442-000 São Paulo SP
Tel./fax: (11) 3875-7250 / 3872-6869
editor@boitempoeditorial.com.br
www.boitempoeditorial.com.br

SAMAUMA EDITORIAL
Rua Antônio Barreto, 1235
66060-020 Belém PA
Tel.: (91) 3241-8150 / 3230-2205
atendimento@samaumaeditorial.com
www.samaumaeditorial.com

Sumário

Belém-Barcarena-Belém 7

Crime na estação 17

A DJ Gatinha 27

Ecstasy............................ 39

RSVP 51

Parada dada 75

Santa Maria!....................... 85

Uga Uga.......................... 101

Belém-Barcarena-Belém

TERÇA-FEIRA. DEPOIS DO ALMOÇO. Vai haver festinha na seccional, final da tarde, porque é aniversário de Ivany, a servente. O delegado Gilberto teve a "brilhante" ideia de passar na Pará Importados e comprar pratos, copos ou uma panela nova para a colega de trabalho. É um lojão popular que vende mil produtos, a maioria chineses, outros vindos do Paraguai. Na frente, uma estátua de mau gosto, réplica da Estátua da Liberdade dos Estados Unidos. Gil caminha pelos corredores, sem conseguir decidir o que comprar. Vê uma jarra para sucos. Não consegue achar o preço. Vai até uma atendente pedir informação. Ambos ocupados, não chegam a se encarar, até que Gil nota: Mariella! Mariella, você aqui? A moça dá as costas e dispara pelos corredores. Gil vai atrás, driblando compradores, derrubando produtos. Ela sai por uma porta. Um segurança o detém. Por aí, somente funcionários. Mas eu sou policial! Desculpe, amigo, não vai querer pegar um cavalo do cão aqui, não é? Gil dá a volta e sai correndo da loja. Dá a volta no prédio. Pergunta por Mariella. Ninguém parece saber quem é. Retorna. Cadê a Mariella? Você conhece? Uma se apresenta: a Miss Barcarena? Sim, ela é de lá, tu conheces? Parece que tem o rei na barriga. Só quer ser. Sabe onde mora? Nem faço caso de saber. O segurança chega. Mermão, tu já estás forçando uma barra. Fica frio. Já estou vazando.

Cícero, eu não sou doido, cara. A DJ Gatinha ali, na minha frente, com uniforme da Pará Importados. A mulher reapareceu, me viu e saiu correndo. Dei a volta, mas perdi. Lá dentro, ninguém quer dar a ficha. Uma lá que antipatiza, sei lá, confirmou que ela é de Barcarena. Porra, ela tem muita coisa pra contar, né? Lembras do assassinato do Cabeça Branca? Da Tatí Gamberone? Tô ligado. Vou falar com o dr. Getúlio e volto lá para identificar. Mariella Assumpção. Esse é o nome. Está aqui. Auxiliar de vendas. É essa? É. Posso falar com ela? Infelizmente, não. Tirou férias. Porra, é muita coincidência. Não é minha culpa. Deixa pra lá. Qual é o endereço? Bateu palmas. Passou o portão e bateu na porta. Nada. Uma vizinha na janela. A senhora conhece a Mariella? Quem? A moça que mora aqui. Uma bonitona aí? É. Olha, conhecer não conheço, mas a gente se enxerga, né? Sabe me dizer onde ela está? Viajou, ontem. Chegou no meio do dia pra tarde, sabe? A senhora sabe pra onde? Bem, ela é de Barcarena, né? Deve ter ido pra lá, ela. Sabe lá...
Vai tirar férias, sacana? Vou. Tenho dois períodos vencidos. Vê se não te mete em cagada. Fica frio. A garota valia a pena. Não a havia esquecido. Foi rápido, mas intenso. Depois, era bom viajar para o interior, sentir cheiro de mato, largar a correria da cidade grande. De Belém a Barcarena pode-se ir de barco. Ou pela alça viária. De barco. Desceu e procurou uma pousada. De repente, ia conhecer a Praia do Caripi. Primeiro, a busca. Senta na birosca e pede uma cerveja. Espera o tempo necessário para se misturar ao lugar. Há um bom movimento. Sossego, que é bom, acabou? Isso acabou, doutor. Tem sempre muito navio, gente de fora, um entra e sai danado. O senhor é de São Paulo? Não, de Belém. Decidi conhecer o nosso Pará. Boa ideia, doutor. As mulheres daqui são bonitas, não é? Ainda não tem nenhuma Miss Brasil? Não, doutor, e tome cuidado aí porque elas são perigosas. Tem muita puta na rua. Conheci uma moça daqui de

Barcarena, linda, mas tão séria que nem me deu bola. O nome dela é Mariella, acho. Não sei, doutor. Essa nunca ouvi falar. No outro dia, zanzou pela cidade, procurando. Nada. Passou na prefeitura. Quem sabe? Mariella Assumpção? Assim, da sua altura, cabelos negros, bonita. Eu sei. Filha da dona Amanda. Ih, essa história é o maior desgosto. Ela caiu nas graças do seu Cleofas. Quem é? Ele é dono da frota de barcos, coisa de pesca e produtos. Seu Cleofas comprou ela de dona Amanda e levou pra casa dele. Emprenhou e tem um filhinho, o Douglas. Aí ela tentou fugir. Ele pegou e mandou ela embora, mas ficou com o Douglas. Mais eu não posso lhe dizer e nem devia ter lhe contado isso porque o prefeito é "assim" com o seu Cleofas e vai pegar pra mim. Então, pra todos os efeitos, eu nunca te vi mais gordo. Só mais uma coisa: ela está na cidade? Não, ela está em Belém. Tem certeza? Ela não sai daquela cidade enquanto não pegar o filho de volta. Imagina, o menino tem vida de rei, cheio de luxo, vai voltar pra mãe que não tem nem onde cair morta? A senhora nunca ouviu falar da DJ Gatinha? Di o quê? Deixa pra lá. Onde ela fica em Belém? Não sei, né, porque eu não gosto de me meter na vida de ninguém, mas ela tinha uma tia lá. O senhor passa no final da tarde que eu tenho o endereço, mas, olhe, é sem compromisso, viu?

Naquela noite, tomando sua cerveja na birosca, sentia o desconforto de quem está sendo vigiado. Porra, mas até aqui? Mais tarde, quando já estava pegando no sono, o cachorro no corredor começou a exagerar nos latidos. Pegou a arma e abriu a porta de sopetão. Um vulto saiu correndo pelo corredor, o cachorro latindo atrás, e seguiu para as árvores. Um tiro. Silêncio. Dormiu o resto da noite com o revólver na mão. E na mão ficou por toda a viagem de volta.

O que achou de Barcarena? Uma merda, pelo menos daquele jeito. E Mariella, fugindo. De quê? Não havia pensado antes, mas muito conveniente os fundos da Pará Importados darem para a baía do Guajará. Muito conveniente. O bom de estar de férias é não precisar aturar Cícero, dr. Getúlio, plantão e, principalmente, contar as garrafas de cerveja. Agora, vamos até a casa de dona Evelina, tia de Mariella, na Campina, centro da cidade. Riachuelo, quase com a Padre Eutíquio. Perto do casarão da Manoel Barata. Então deve ter sido pra lá que ela fugiu naquele dia. Me fez de palhaço. Agora vamos saber. Bateu. Uma mocinha veio abrir. A Mariella tá aí? Uma voz lá de dentro pergunta quem é. Querem falar com a dona Mariella. Não está. Fecha a porta, pequena! Gil não permite. Põe a ponta do sapato. Deixa eu falar com dona Evelina. Ela vem chegando. Quem é o senhor para... Dona Evelina, eu sou amigo da Mariella. Preciso falar com ela. Que Mariella, não sei de nada. Por favor, eu sei de tudo. Não sei se ela vai querer falar com o senhor. Uma semana atrás veio correndo e se trancou no quarto. Deixe eu falar com ela. Deu de ombros. Vai chamar. O senhor é... Gilberto. Mas não vai entrando assim... Bate na porta do quarto. Mariella. Tenta fechar. Não. O que tu queres comigo? Agora, eu e tu. Desembucha. Qual é? Fugiste. Sumiste. O Cabeça Branca morto. A Tatí. Desembucha, vai. Sou teu amigo. Quero te ajudar. Mas vê lá no que tu estás metida. Não tô metida em nada. Ele tá com meu filho. Quem? Cleofas. O dono da Pará Importados. Ele é o pai? É. Mesmo assim, entramos na justiça. Conheço um advogado. Não. Então tem mais coisa aí. E as mortes? Não tenho nada com isso. Tem. Não tenho. Vou te levar presa como suspeita da morte do Cabeça Branca. Sacanagem. Não levanta a voz porque eu viro cavalo do cão também. Não é só isso. Fala. Não posso. Se conto, ele manda me matar. Eu não deixo. Tu não sabes, ele é poderoso. Tem gente em todo lugar. Capaz de te matar também. Porra, assim tá foda. O cara é mais forte do que a lei? Desculpa, mas acho que é. Sabe o que eu acho? Tá na hora de botar isso a limpo. Deixa comigo. Confia em mim. Me conta. Olha, vamos fazer uma coisa: deixa a polícia fora disso. Apenas eu. Tu é doido? Ele vai te matar. Não vai. O negócio dele é droga, contrabando. Ele é dono de meia Barcarena. Chega pra ele pelo rio e daqui vai pras Guianas. De lá, pro mundo. E contrabando é ficha pequena, em comparação. Tu foste cúmplice? Não. Eu tava lá, vendo. Não me deixava sair de casa. Fugi. Me escondi. Decidi virar a DJ Gatinha, fazer sucesso, pra ele ficar com medo, sei lá, e pra pegar meu filho. E o Cabeça Branca? Ele foi muito amigo. Mexia com ecstasy. Dava dinheiro. Quem matou ele foi o Pássaro Preto, com certeza. Quem? O Pássaro Preto, pistoleiro, matador profissional. E a Tatí? Acho que o tiro era pra mim. Aí tu fugiste. Fugi. Fui pra Barcarena. Depois vim pra cá. Tenho meu filho. Ainda vou criar ele comigo. Abafaram tudo. Foi. É verdade que tua mãe te vendeu? Foi. E ele compra assim as mulheres? Compra. Vende depois lá pras Guianas. Tráfico de pessoas? Acho que é. Vai pra Holanda, Espanha, sei lá. De mim, ele gostou e ficou. E o emprego na loja? Fui lá e me ofereci. Sempre precisam de vendedoras. Um jeito de ir chegando perto novamente. Agora, acabou. E o que é que eu faço? Espera. Preciso pensar. Puta que pariu, Mariella, desculpa, mas só dizendo assim. Deixa eu pensar. Então pensa bem porque tem a vida do meu filho e a minha, tá? Eu sei. E tu não vais sair daqui sem me dizer o que vai acontecer. E agora, sabes tudo o que querias saber. E aí? Vai desistir ou continuar? Porra, deixa eu pensar. Quem é esse tal de Cleofas? É de lá de Barcarena mesmo? Não. É das Filipinas, perto da China. O nome dele é Cleofas Dell Monica, mas pede pra chamarem só de Cleofas. Manda até na prefeitura. Tem porto, boates, motéis e putas. Deve molhar a mão de muita gente. E aí, viste onde foste te meter? Onde fica o escritório dele? Onde ele guarda os papéis? Aqui em Belém. Na Pará Importados? Não. Quase nunca vai lá. Passa a semana aqui e vai na sexta pra Barcarena. E o teu filho? O Douglas? Com ele. Uma babá acompanha. Ele antes só conseguia filha mulher. O Douglas é o preferido. Sabes onde é? Na Jerônimo Pimentel. Uma casa despintada. Na frente, uma placa de empresa de contabilidade, tipo, já funcionou ali. Agora está fechada e abandonada. Entra pelo lado. Nos fundos tem uma vila e de lá sai para a Wandenkolk.

Tem segurança? Tem. Dois vigias armados, mais eletrônica. Estás segura aqui? Tô. Se eu te achei, como eles não vão achar? Te manda. Leva tua tia. Todo mundo. Isso vai feder. Anota o número do meu celular. Me liga a qualquer hora. Me liga de onde estiveres pra eu saber onde estás. Te manda. Posso te levar agora. Deixa. Minha tia não entende bem o que acontece. Mas tem de ser hoje. Logo mais. Pegou um táxi e desceu na Jerônimo Pimentel, perto do Roxy Bar. Estava lá a casa. Discretos, dois guardas. Deu a volta. Na vila, por trás. Mais um. Câmeras. Vai ser foda. Foi pra casa se preparar. Dos vigias dava conta, mas e as câmeras? Qualquer movimento estranho soaria o alarme. O Mário Sérgio morava ali perto, no edifício. Ligou. Foi. Posso olhar da sacada? Pode. Porra, nenhum ângulo cego. Posso ficar mais um pouco aqui? Olha, é sem conversar, tá? Preciso vigiar aquela casa. Mário, desconversa com tua mulher, tá? As horas passam. Mário, vai dormir. Estou trabalhando. Desculpa a chatice. Gil, olha lá. Vem uma bicicleta pela vila. Dessas cheias de garrafas com café. A porta abre. O vigilante sai e vai tomar café. Pronto. Era isso. Uma chance. O ser humano sempre falha. Foi dormir.

Dia seguinte. Nenhuma ligação de Mariella. Tinha tempo. Agiria de madrugada. Ligou o rádio. Programa do Urubu. INCÊNDIO NA CAMPINA. Um incêndio de grandes proporções destruiu em poucos minutos uma casa no bairro da Campina, um dos mais antigos de Belém. Muita fumaça saindo da casa foi percebida pelo vigia noturno José Carneiro, no começo da manhã. Uma multidão acompanha a ação dos bombeiros. Os vizinhos dizem que há moradores lá dentro. Gil correu para lá. Cordão de isolamento. Polícia! Porra, Ernesto, o que rola? Olha só o folgado de férias! Fale, irmão. Incêndio. Parece que tinha moradores aí dentro. Os bombeiros ainda não liberaram. Conheces? Não. Ia passando e vi o tumulto. Lá vêm bombeiros lá de dentro. Trazem um corpo. A imprensa corre. Eles pegam mantas e tentam esconder. Um braço sobra, estendido, negro, queimado. Vai até lá, com Ernesto. Porra, Gil, vai passear, estás de férias, porra. Curiosidade, cara. Deixa eu ver. Irreconhecível. Tem mais? Acho que tem mais dois. Um frio na espinha. Espera angustiante. Os outros corpos estão ainda mais carbonizados. Fala, Urubu! Vai tomar no olho do teu cu! E aí, faturando com a desgraça dos outros? Vai te foder, Gil, porra, deixa eu trabalhar. Como é mesmo o nome do patrocinador desse teu programa? Pará Importados. Por quê? Conheces o dono? Te dás com ele? Sei que é um tal de Cleofas, um chinês cheio da grana. Filipino. Quê? Das Filipinas. Conheces ele? Não, mas sei. E tu, conheces? Não. Quem fecha comigo é a agência de propaganda. Nem me mete em confusão. O que foi, algum podre? Não. Curiosidade. Como é que tem gente patrocinando um programa de merda. Vai te foder, Gil. Gil, vai pra puta que te pariu! Égua, essa é boa!

No quarto, pensando. E agora? Ficou sinistro. Um monte de mortes e fica por isso? Quebra o silêncio e vai contar tudo pro dr. Getúlio? Não tem nada nas mãos. Sua testemunha está morta. Bela mulher. Misteriosa. As melhores mulheres são misteriosas. Pena morrer assim. Um corpão. Porra, até podia ter rolado algo bem bacana. E aí, deixo pra lá? Está sozinho na onda. E esse FDP vai continuar se dando bem, matando quem se põe na frente?

A madrugada de sábado no Umarizal é supermovimentada. Bares, restaurantes, clubes noturnos, todos lotados. As ruas engarrafadas. Gente andando a esmo. Gil está acocorado, no escuro, aguardando. Lá pelas três da manhã, vem o vendedor de café. Gil faz sinal. A vila está em silêncio. Ali perto, na Wandenkolk, o movimento. Quando ele chega para servir o café, Gil o ataca, bloqueando a carótida, forçando um desmaio. Ele desaba e Gil o carrega. Leva para o canto, protegido de olhares. As roupas são pequenas. Pega o boné. Leva a bicicleta. Buzina. A porta abre. O segurança vem. Deixa chegar bem próximo e mostra a Glock. Pede para virar e dá a coronhada na nuca. Menos um. E entra. Sabe que tem poucos minutos até as câmeras denunciarem e vir o socorro e os outros dois seguranças. Corta o fio das câmeras. Vai até a porta de trás da casa e abre. Olha as paredes e arrebenta os fios de telefone. Precisa ser bem veloz. Procura. Nada importante. Sobe as escadas. Uma porta mais bonita. Abre. Cofre. Gavetas. Pega o que pode de papéis. Vai saindo. Dá de cara com os guardas. Atira na coxa de um. Sai fora. O outro se rende. Sai pelos fundos. Ouve sirenes. Protege a bolsa com os papéis. Joga fora a máscara. Camisa preta. Se mistura na multidão. Algumas cervejas pra baixar a adrenalina.

Na cama, sem conseguir dormir. Os papéis espalhados. Uma foto. Cleofas e o garoto. Porra, o cara pode ser um FDP, mas gosta do moleque. E o moleque dele. Pegou alguma coisa de valor? Nada. Notas fiscais de produtos da loja. Se tiver maracutaia, é peixe pequeno comparado ao que procura. Não houve tempo. Pensou em Mariella queimada. Mariella no dia em que fizeram amor, lá na Manoel Barata. Porra, agora é questão de honra. Fez a mochila com o essencial. Foi para a rodoviária. Nada de barco.

Chegaria sem ninguém saber. Desceu antes. A pé até o porto. Ficou zanzando. Beirando. Chegou. Lancha bonita. Barcos. Um galpão cheio de máquinas de jogo. Escravas para gravação de CD. Pilhas de CDs virgens. Já era noite. Foi ao puteiro do Cleofas. Esperou até o meio da madrugada. Os mais apressados saíram. Marinheiros. Valentões. Foi chegando. Oi, gostoso... Oi, amor. Pede uma bebida pra mim? Pede. Também quero. Tu é daqui, bonitão? Nunca te vi. Sou passageiro de navio. Viajo pra fazer negócio. E tu, estás sempre aqui? Sempre. Aqui é bem legal. Escuta, olha aí, vamos fazer um amor bem gostoso? Vamos. Atrás da boate, os quartos. Adiantou o da quarteleira. Cheiro ruim. Áurea, bem baqueada. De onde ia tirar inspiração? De Mariella. Transaram. Ela querendo se mandar. Não. Quero outra. Eu pago. Espera que vou avisar, senão a quarteleira vem pentelhar. Leva aqui o dinheiro dela. E aí, gostosão? Áurea, tu me lembras uma amiga. Que amiga? Uma mulher que eu conheci. Ela me disse que a mãe a tinha vendido pro Cleofas. Seu Cleofas? Isso não posso falar. Espera. Tu podes. Não. Escuta, tu não queres foder? Gil puxou dinheiro. Psiu. Fala baixo. Pega o dinheiro. Pra onde vão as mulheres que ele compra? Não... Pode falar, sim. Posso morrer. Não vai. Eu mesma fui vendida. Disseram que eu ia ter vida melhor. Passava fome no interior do Marajó. Pra onde? Algumas vêm pros puteiros, assim como eu. Outras, não sei. Vão embora. E enquanto não vão embora, onde ficam? Tem um sítio aqui perto, na alça viária. Obrigado. E tu, não sais dessa vida? Quem dera. Tenho dívida. Depois a gente acaba gostando. O que eu vou fazer fora daqui? Só sei ser puta e já estou bem derrubada, não achas? De jeito nenhum. Precisa de um descanso, bom trato. Tu achas? Tu estás é me gozando. Escuta, a gente não vai foder de novo?

De volta à pousada. Vai passando e o bebum dá a dica. Os homi tão aí doido pra te pegar, veio. Te manda. Detém o passo. Cola na parede. Dá meia volta. Tá foda. Sozinho. Mas agora vai até o fim. Até pintar algo realmente bom pra mostrar pro dr. Getúlio. Quem sabe faz a hora. Roubou uma moto entre milhares, perto dos botecos. Seguiu na direção do sítio. Passou na frente da estradinha. Escondeu a moto. Entrou a pé. Olhos acostumados à escuridão perceberam os guardas. Estava amanhecendo. Galera cansada. Deu um tempo. Viu um barracão, desses onde se guardam ferramentas. Entrou e deu um cochilo. Vozes de crianças. Vida. Despertou. Dormiu mais do que devia. Calor. Procurou uma fresta. Pouco ângulo. Campo aberto. Poucas árvores. Crianças na piscina. É domingo, ninguém vem pegar ferramentas. Vai ficar ali. Não tem outro jeito. O dia passa bem lento. Vai escurecendo. Sede e fome. Deu pra sacar a posição dos seguranças. Saiu rastejando até algumas árvores. Aproximou-se. Vozes. Viu. Mariella e o filipino, três meninas e um menino. Mariella? Eles estão saindo. Agacha-se. Lá vem a Land Rover preta saindo. Acabou o final de semana. Espera meia hora. A segurança relaxa. Alguém liga o rádio para ouvir brega. Movimenta-se. É uma casa grande, confortável, ampla. Mas percebe outro prédio, um galpão. Bem vigiado. Não poderia se aproximar. Há luz dentro e ele percebe algumas moças, bem mocinhas, bem novinhas. Do galpão sai uma mulher gorda, carregando roupas passadas, ao que parece. Passa bem perto de Gil. Melhor dar o fora. Sozinho não pode fazer mais do que isso. Já próximo à saída, é percebido. Aumenta o passo. Corre. Gritos. Um tiro. Já está embalado. Chega na moto. Sai em velocidade. Um posto de gasolina. Alça viária. Belém. Morto de fome e sede. Soldado de folga no quartel... Bom dia, dr. Getúlio. Tem um minutinho? Gil contou. E agora? Mandado de busca no porto particular e no sítio. E de droga? Não deu tempo. Estava sozinho. Sozinho e se arriscando? Gil, esse cara é poderoso. Dono de estações de rádio, manda em políticos, gente do governo, enfim, tu já sabes. Eu vou tentar, mas acho que se tivesse ao menos droga no meio seria mais fácil. Doutor Getúlio, não tem agora aí essa CPI de tráfico de pessoas? Gil, não começa, tu sabes como as coisas funcionam. Deixa comigo. Vai pra casa. E olha, vou mandar um carro ficar na frente do teu hotel. Por precaução. Foi dormir. Férias são para isso. Toca o celular. Mariella. Gil, dá um tempo. Sai dessa. Agora não dá. Já botei o caso na mesa do chefe. Vai ser pior pra ti. Cleofas pode tudo. Tu não podes nada. Ele manda. Tu não. Eu? E tu? E o incêndio, sua maluca? E depois, lá no sítio, andando no carro do cara. Deixa que da minha vida eu cuido. Eu quero mesmo que tu te fodas. Se tu achas isso, deves saber o que estás fazendo com o teu filho. Não te mete, porra. Do meu filho eu sei e nenhum filho da puta vai falar. Desculpe. Olha, não dá pra falar mais. Estou ligando porque tu é um cara legal. Mas chega, sai fora. Tá ficando perigoso. Deixa que eu me cuido. A gente não pode se ver? Não. Me esquece. Pensa no meu filho. Me esquece. Tu é um cara legal. Tchau.

 Doutor Getúlio, as férias acabaram e o senhor não me retornou nada daquele nosso assunto. Ah, o cara lá de Barcarena e aquela tua garota, não é? Doutor Getúlio... Gil, eu estava sem jeito de falar, mas o assunto chegou, eu não sei como, ao pessoal lá de cima. Me ligaram do gabinete. Abafa. Esquece. Releva. Deixa pra lá. Eu disse OK. Depois, olha a minha mesa... Vai ver a tua. Cheia de processo, cheia de casos para resolver. Vai trabalhar, Gil. Vai trabalhar.

Crime na estação

AQUELE COMECINHO DE NOITE de uma terça-feira qualquer estava morno até vir o telefonema. O Souza. Apagaram um cara ali naquele canal da Marechal Hermes. E daí? O que mais tem é assalto desse jeito. Não roubaram nada. Execução? O cara era antigo funcionário da Estação das Docas. Acharam o crachá. Tá bom. Vamos. Já vira postais antigos daquele lugar. Antigamente os barcos aportavam ali. Foi aterrado. Ficou pior. O bairro do Reduto afundou. Área escura. Um Palio. Típica execução. Três tiros, dois na cabeça, outro no ombro. Uma testemunha. Imprensa no clic-clic. Fala, Souza. Vai sobrar pra nós. É. Como vai dona Isaura, minha comadre? Ih, chegou a família. O rapaz, muito revoltado. Filho. Porra, é realmente foda. A mãe também morreu em assalto, dois anos antes. Grita, esperneia, esculhamba. Polícia de merda! Vocês mataram ele também! O que é que eu ganho falando, hein? Nada, porra, fala logo. Eu já estava me agasalhando ali no meu canto. Só ouvi o barulho. Tei, tei, tei, sei lá, pra mais de dez tiros. Eles estavam escondidos? Tavam na moto. Vinham atrás, sei lá. Encostaram e tei, tei, tei. Se mandaram. Que moto? Sei lá. Moto, porra. Como eles eram? Tava escuro, né. E eu quando ouvi os tiros já me encolhi mais que eu não sou besta. Rola um agrado aí, doutor? Manda pro IML. Vamos à "Estação das Dondocas". Lá, já sabiam. Espera aí que o presidente está chegando. Movimento fraco. Terça-feira. A cantora se virava no humilhante carrinho de som. Boa noite. Uma tragédia, lamento muito, uma tragédia. Estamos consternados. Francisco Almeida era seu nome. Para nós, seu Chicão. Está aqui desde a inauguração. Quer dizer, estava. Ficha limpa? Limpíssima. Algumas discussões, aqui e ali, naturais. A segurança é um grande problema de nossa cidade. Roubaram tudo? Não. Não roubaram nada. Ah. Em que posso ser útil, senhores? Queremos conversar com os colegas do sr. Francisco. Saber se havia algo o incomodando. Uma pista. Podemos? Claro, sim, claro que podem. Naturalmente, espero que compreendam que as pessoas estão em seu horário de trabalho. Não seria melhor marcar com elas? Sim, pode ser. Mas já queremos começar. Pode ser? O Chicão era como um pai pra mim. Estava aqui desde a inauguração. Cuidava da limpeza. Todo mundo gostava dele. Todo mundo? Olha, cara, eu tô mal com a morte dele, mas é só isso que eu posso falar. O que você faz aqui? Coordeno a limpeza. É um trabalho pesado. Essa turma aí é muito mal-educada. Gente com grana e joga tudo no chão. Imagina como deve ser a casa deles. Seu Chico era benquisto. Uma pessoa boa. Saiu daqui no fim do expediente. Tudo normal. Nem era dia de pagamento. Estamos revendo o que as câmeras gravaram. Se aparecer algo suspeito, avisamos. Olha, que eu me lembre, ele andou tendo uns aborrecimentos com uns moleques aí que vinham de gangue pra cá e sujavam tudo. Só.

Manhã do dia seguinte. Tá tudo no jornal. Gostavam muito do cara. Até aviso fúnebre chamando pro enterro. Nunca vi disso. Vamos até o velório acompanhar o enterro. Necrotério lotado. Veio toda a galera da Estação. Família grande. O filho, transtornado. Melhor deixar pra falar depois.

Toca o telefone. Aqui é o Alfredo. Nos falamos ontem à noite. Olha só, vou falar uma vez e depois acabou. Não quero morrer também. Já basta o seu Chicão. Fala, porra. Tem droga na parada. E putas também. E não é de hoje. Tem muita gente envolvida. Até os graúdos do PRI. PRI? O Partido Republicano qualquer coisa, esse que manda na Estação. Como assim, manda? Porra, tu tá por fora, meu. Te informa. Seu Chicão não admitia. Mataram a mulher. Foi igualzinho. Foi nada. A mulher dele foi assalto. Porra nenhuma. Mataram ela. Vai pesquisar que acha. Seu Chicão deu queixa. Abafaram. Agora, de novo. Uma coisa, irmão. Vou vazar, tá legal? Nunca falei contigo. Tiro férias e sumo uns tempos. Te vira. Valeu. Santos, faz uma pesquisa pra mim. Olha aqui, mermão, polícia e merda pra mim é a mesma coisa, tá legal? A mesma coisa! Baixa o tom! Baixo o caralho. Porra, tenta mais uma vez. Agora é comigo. Tô sabendo umas coisas. Tu sabe é o caralho que tu sabe. Aliás, tu deve saber, mermão. Só que tu não vai fazer nada, igual aos outros. Só de estar contigo aqui eu também já sou um homem morto, tá ligado? Todo mundo sabe, mas ninguém faz nada. Tem dinheiro, grana na parada. Todo mundo se dá bem, menos o otário do meu pai. Perdeu a mulher e agora perdeu a vida. E tu acha que eu vou acreditar em alguém? Vá se foder. Porra, assim não vai dar. Meu, tu tens toda razão de estar puto. Tu estás certo. Mas sou eu de agora em diante, e eu vou pra cima dessa porra, tá ligado? Tu entendes isso? A gente te bota no serviço de proteção à testemunha e os caralhos. Que serviço de prote... porra nenhuma. Não tenho dinheiro pra me esconder. Eu vou me virar. Olha, de repente eu aposto em ti também. Mas eu vou me esconder e a gente combina como se falar. Mas se passar uma semana e nada acontecer, eu vazo e acabou. Combinado. Agora, fala. A droga chega de barco. Vai pra mão do Nélio sei lá o quê, que cuida da segurança. Eu conversei com ele. Disse que teu pai teve uns probleminhas com uma molecada que ia lá sujar, mas que todos gostavam dele. Gostavam um caralho. E o Nélio vivia dando um jeito de afastar o velho da cena. Dedurava problemas de limpeza, o caralho, pra afastar o velho e distribuir a droga. Ele tem umas três figuras. E como faz? Rola tudo ali na beira. O interessado faz um sinal. O outro recebe, liga e um moleque vem trazer. Então, ali na beira mesmo, recebe. E o dinheiro? É repartido. O PRI fica com a maior parte. Pra campanha, dizem. E a prostituição? Ah, essa tá rasgada ali no calçadão. Dinheiro repartido, também. Tem uns gringos que levam de três. Quem manda? O Nélio e uma coroa, Estela sei lá o quê. Porra, vai ter de provar esse lance do partido. Hum, já estás desistindo? Um caralho.

Gil, isso é nitroglicerina pura. De uma execução de um pé de chinelo tu vais até o chefe do PRI, que é da bancada de apoio do governador? Tu achas que o juiz vai autorizar essas escutas e câmeras de vigilância? Cara, se eu chego com isso lá com o secretário, puta que pariu, porra, Gil, acho que não vai dar certo, ou então, sei lá, arranja mais provas. Até agora só um telefonema e o filho revoltado do cara. O que temos mais? Olha, eu vou fazer o seguinte. Vou dar um toque no secretário, só pra ele saber, mas, Gil, me arranja mais evidências, sabe? Porra, agora é um lance político, meu.

Compadre? Só dou de primeira pra você que é meu amigo e ainda por cima é azulino dos bons! Fala, Souza. Tem mais um presunto. Agora é o filho do cara, daquele que foi executado no canal da Marechal Hermes. Puta que pariu! Onde? Porra, lá pra Benevides, numa vila chamada Marrocos. O cara tentou se esconder. Não deu. A moçada tava ligada nele. Olha, mais detalhes vê no Barra Pesada. Eles foram lá e fizeram a festa. Porra, pelo menos agora alguém vai ter de fazer alguma coisa.

Senhor governador, senhor chefe de polícia, até quando teremos de viver sob essa ameaça? É crime todo dia. Assaltos, sequestros, assassinatos. Será essa a tal de "sensação de insegurança" que o senhor falou? O povo está cobrando, e eu, aqui, no Barra Pesada, sou a voz do povo. Câmera em mim, por favor, chega aqui. Senhor governador, eu sou a voz do povo aqui no Barra Pesada. Como é que é? Vai ficar assim? Até quando?

Porra, Gil, agora minha vida é levar esculhambação? Porra, até na TV? Te mexe, porra. Te mexe, vai escarafunchar e descobre esse negócio. Mas, olha, vai na manha. Tem político no meio, já viu. Pelo menos pega só os bandidos. Porra, alguma coisa tem de ser feita.

Seis e meia da tarde. Gil está na Estação. Na cervejaria. Um grupo de pagode toca. Happy hour. Gil senta. Lugar animado.

Putas circulam pelo calçadão. Não é difícil perceber os caras que vendem droga. Uma loura de araque vem falar. Quer companhia? Senta. Tudo bem? Bonito, tu é de onde? Visitando Belém? É, sou de Minas, vim pra um congresso. Mas ninguém fica o tempo todo no congresso. Também vem se divertir, né? Tu queres te divertir comigo? Prazer, Neide. Eu sou Paulo. Vamos pedir alguma coisa? Algumas cervejas depois, Gil pergunta se ela não sabe quem pode arranjar uns tiros. Tiro? Coca? É. Tem. Eu vou te arranjar. Ela levanta. Gil perdeu um pouco a linha. Não podia ter bebido em serviço. Ao fundo, Neide conversa com Estela e volta com outro copo de bebida para Gil, que toma. Já vem. Deixa comigo. A sensação não vem aos poucos. Chega rápido. Num relance, percebeu que ia levar o "Boa-noite, Cinderela". Não dava pra reagir. Levantou de sopetão. Onde vai? Eu vou. Depois a gente conversa. E o tiro? Depois, amor, beijos. Aos solavancos. Não vai dar para dirigir. A pé, pelo boulevard. Dobrou no Ver o Peso. Uma sopa bem quente. Alguém vem atrás. O chão se aproxima velozmente. Apagou.

DELEGADO GIL LEVA "BOA-NOITE, CINDERELA". O delegado Gilberto Carvalho foi vítima, ontem à noite, do famoso golpe "Boa--noite, Cinderela", nas imediações do Ver o Peso. Feirantes o encontraram caído, bastante machucado, sem os pertences e com forte cheiro de bebida. Uma testemunha disse que três homens o cercaram e agrediram. Pararam quando um feirante gritou que chamaria a polícia. Não é a primeira vez que o delegado se envolve em problemas com bebida.

Manchete do Caderno de Polícia. Foda. Delegado Gil? Aqui é Ivonete, secretária do dr. Getúlio. Ivonete, eu queria falar... Delegado, o recado é para que o senhor fique em casa. Não saia. O senhor está suspenso e não deve sair de casa nem dar declarações à imprensa, o senhor entendeu? Entendi. Relatório de danos: rosto inchado, dois dentes a menos, braço quebrado, corpo todo ralado, hematomas no tórax. Suspensão. Bonito isso. De molho alguns dias. Me aguardem. Val? É o Gil. Porra, Gil, tu é foda. Já estava tudo encaminhado. Câmeras, grampo, os caralhos. Agora tá abafado. Trancado na gaveta. Todo mundo aqui ouviu por tua causa. Val, eu sei. Foi foda. Mas isso não vai ficar assim. Vou... Vai porra nenhuma. Fica em casa. Se tu apareces vai ser pior. Pra todo mundo. Porra, Gil, tu não és mais criança. Ih, já sei, tô mal, tô puto, já sei, não precisa dizer mais nada. Porra, os caras me desceram a mão. Se não é o tal feirante dar uns gritos, me matavam. Tá bom, deixa a poeira sentar. Aí a gente vê. Sabe o que são duas semanas de molho? Sem poder beber? Só saí de casa pro dentista. Televisão, café, jornal. Dei uns telefonemas. Pra saber de uns e outros. Me aguardem.

Duas semanas depois. Encolhido junto ao prédio da Receita. Quase uma da manhã. Neide não aparece. Talvez tenha saído de carro, com cliente. Foda. Sorte. Lá vem ela saindo com uma amiga. Vai pegar ônibus na Presidente Vargas. Porra, hoje não deu nem o do táxi? Vai seguindo o busão. Ela desce na Marambaia. Estaciona. Oi. Quem és tu? O otário do "Boa-noite, Cinderela", Neide, ou lá que porra seja teu nome. Ih, fodeu. Não. Na boa, já passou a raiva. Tu não vai me bater? Tu não vem me dá-lhe. Se tu vens me dá-lhe, eu te furo. Nem vem. O que é? Quero saber umas coisas. Não sei de nada. Sou apenas uma puta. Tu sabes. Quem mandou me dar o "Boa-noite" ali, na frente de todo mundo? Eu. Tu já tava mamado e eu ia me dar bem. Porra, eu posso ficar mauzinho bem rápido. Com dois dedos, pegou a bochecha da moça. Quem mandou? Estela. Estela, porra, larga. Quem é Estela? A mulher que cuida dos programas lá na Estação. Caralho, quer dizer que lá na Estação tem uma mulher responsável? Vocês não estão por conta própria? Não. É muita frescura. Quem vai sozinha se fode. Dão porrada e tudo. E por que ela te mandou? Não sei. Sou só puta. E as drogas? Não sei. Vai lá com os caras, avisa, eles ligam e alguém vem trazer. Sou só puta. Me larga. Vou gritar, vai ser uma cagada. Essa Estela tá lá toda noite? Tá. Onde? Ali fora, na área em que colocaram umas mesas agora. Eu vou lá amanhã. Não, eu não vou ajudar. Vou me foder se fizer isso. Nem fodendo. Não precisa ajudar. Basta fazer um sinal. Eu chego lá. Tu me vês e vais pro lado dela. Faz um sinal. E por que eu vou fazer isso? Cem reais? Duzentos. Cento e cinquenta tá bom pra caralho. Vai lá. Mas não fala comigo. Não te conheço. Nunca te vi, porra. Isso vai acabar dando em merda. Fala, Urubu! Teu cu! Porra, preciso de ajuda. Tu estás é fodido. Porra, Gil, de novo, no jornal? Não começa. Tá. O que é? Preciso que a Eduína me fale de uma mulher. Que mulher? Tás por fora. Rola a maior prostituição e drogas na Estação das Docas. Coisa grande. Ah, então já liguei tudo. Te pegaram lá na Estação. Porra, tu és muito leso, Gil. Tem uma mulher que toma conta das putas. O nome é Estela. A Eduína conhece essa turma toda. Não mete a Eduína nisso. Tu sabes como já é complicado pra mim. A Eduína é discreta. Porra, Urubu, não dá nem pra ela me dizer qual é a dessa Estela? Se ela conhecer, porra. Mas não vai, não. Eu te peço. Taí, tu mesmo podias perguntar pra ela e me dizer. Topas? Vou ver. Tá. Fresco? Fala, Urubu! Teu cu! Olha, falei com a patroa. Essa Estela pode ser uma goiana que fez sucesso aqui nos anos 80. Fazia strip no Lapinha. Depois tentou carreira solo e não deu certo. Se juntou com um tal de Nélio, que era segurança. Hum. Muito bom.

Amanheceu na Estação. Fechada. Pessoal da limpeza. Escuta, como é que faz pra falar com o seu Nélio. Seu Nélio? Ah, tem de ir na sala dele, lá na frente. Que horas ele chega? Umas nove. Ele vem de carro? Vem, uma Explorer preta. Mas não adianta tentar chegar assim, na porta, porque ele não fala. Valeu. Chegou. De pasta. Direto. Não saiu de carro. Seis da tarde. Lá vai o Nélio. Foi atrás. Cidade Nova. Casão. Dois andares. Porra, mora bem o sacana. Mais dois carros na garagem. Piscina. Anotou placa, endereço, tudo. Oito horas ele sai de carro. De volta no caminho para a Estação. Estaciona. Sai da área. Atravessa o boulevard. Olha para os lados e sobe em um prédio antigo. Hotel Amazônia. Porra, alguém vai ter de me dar essa escuta. Lá vem o garoto saindo da Estação. Atravessa a rua. Sobe no Hotel Amazônia. Volta e entra correndo na Estação. Entendi.

Doutor Getúlio, pode esculhambar, dizer o caralho. E digo mesmo. O senhor está suspenso, o que é que faz aqui? Dona Ivonete não ligou proibindo de sair na rua? Quer causar mais vergonha para a polícia, delegado Gil? Tá bom, pode esculhambar. Eu mereço. Mas eu vim aqui porque tem uma coisa. Eu sou tudo isso, mas sou bom policial também. Fiquei de molho duas semanas. Aí resolvi sair. Olha aí, o senhor me ouve e me diz o que a gente pode fazer. Ou então me esculhamba de novo. Tá bom, mas com isso a gente desmancha a prostituição e as drogas na Estação? E aquela história do PRI estar envolvido? Aquilo é que é foda. Partido da base governista, aliado, os caralhos. Então pegamos os caras e paramos por aí? Como paramos? Não tem como parar. Pegou um, pega a cadeia toda. Então me arranja provas do envolvimento do partido. Sem isso, nada. Não quero perder meu cargo. Gil, com o que temos já dá pra prender o cara. Tem o telefonema do cara pedindo mão de cinco, de dez, de cinquenta. Tem o garoto que atravessa a rua, sobe no hotel, volta e entrega pra outro. Tem as fotografias da casa do cara, que não combina em padrão de vida com o que ele ganha. Porra, e os mandões continuam livres? Não dá. Fodido por um, fodido por mil. Mas como pegar esse lance do dinheiro que vai pro partido? Não sei. Não vou pedir pra juíza tirar o sigilo das contas. O dr. Getúlio não vai deixar. Em algum momento do dia, da semana, alguém deposita na conta do partido, na conta daquele vaselina da Pará 2000, sei lá. Vamos continuar? Vigiar. Acompanhar o filho da puta do Nélio. Eu pago hora extra pro Tatá e Honorato. Eu pago essa porra.

Tatá pra ti. Fala. O tal do presidente da Pará 2000 tá almoçando no Capone. O garçom me disse que toda quarta ele almoça com uma galera. Um tal de Clube do Filhote. Filhote? Os sacanas comem aquele peixe, porra, filhote. Te liga. Tá. Fico nele? Fica. Me diz pra onde ele vai depois. Olha, nos outros dias ele vem de manhã, às vezes de tarde, e vai embora, mas hoje, depois do almoço, não voltou pra sala dele. Foi lá na administração. Saiu com um envelope pardo, cheio, na mão e se mandou. Ajuda? Muito.

Outra quarta. O cara chegou. Mesmo esquema. Eu vou praí. O dr. Paulo Almeida estava lá, em uma mesa de oito coroas, gordos, sorridentes, cúmplices. E a gente aqui com fome. Quando acabou, foi saindo, passou na banca de revistas, olhou para os lados e foi na direção da administração. Quando saiu, tinha um envelope com o logo da Estação. Gil correu, pegou o carro lá fora, entrou na Estação e conseguiu pegar o outro carro, saindo. Ficou na cola. Ele foi pela Presidente Vargas, entrou na Manoel Barata, chegou na Doca, e seguiu até a Perimetral. Deu sinal. Prédio novo, lindo. Entrou. Puta prédio. Estacionou e foi até a portaria. O dr. Paulo Almeida é qual andar? Vigésimo terceiro, mas não pode subir. Não, eu não quero subir, é pra mandar deixar uma encomenda pra ele. Obrigado.

Gil? É Getúlio. Vem aqui na minha sala. Acabou. Acabou o quê? O caso, porra. Ordens superiores. Mas como assim? Leva tua equipe, pega o trafica e a galera toda. Pega aquela cafetina também. Mas na surdina. Nada de avisar aquele teu amigo, o tal de Urubu. Acabou. Abafou. Ordens superiores. Eu te disse que podia dar merda. E, entre nós dois, lógico, eu é que não vou perder meu emprego, minha carreira, porra, por causa de um político escroto desses. Na seccional, o rádio ligado. Urubu na coletiva com o dr. Paulo Almeida, presidente da Pará 2000. Senhoras e senhores, esta coletiva é para dar conta à sociedade do saneamento de uma situação que estava começando a acontecer na Estação das Docas, mas que, com a ajuda dos nossos funcionários, e aqui eu queria fazer uma especial homenagem ao sr. Francisco, o nosso saudoso Chicão, com a ajuda de pessoas como o Chicão, desbaratamos uma quadrilha que começava a agir na venda de drogas e prostituição. De pronto, nossa segurança interveio e posso dizer a todos, com toda a segurança, que a Estação das Docas, como sempre, é o lugar mais seguro e livre de ameaças de toda a cidade. Nós, do PRI, que administramos esse equipamento do Estado, temos por norma a lisura e competência em nossa conduta e assim continuará sendo. Muito obrigado.

Filho da puta.

A DJ Gatinha

DOCA DE SOUZA FRANCO. Noite. Bar Doca Speto. Na calçada. Mesas lotadas. Em um telão, jogo de futebol. O delegado Gilberto, mais duas mulheres. Copos de cerveja e pratos vazios de tira--gosto. A galera vibra com um lance de perigo. "Leão"! O jogo acabou. As pessoas vão levantando e saindo. Quem tá a fim de ir na Pororoca? Na AP? AP? Sim, leso, A Pororoca, nunca tinhas ouvido essa? Pois é, vamos? O Tupinambá tá caído. Agora é DJ Gatinha e Tatí Gamberone. O que é isso? É tecnomelody, Gil. Tás por fora. Ah, mas sou Tupi e faço o T, porra. Vamos? Tá bom, mas tu vais ver que está caído. Descem do táxi. Sem grande movimento. Os três, com um balde cheio de cervejas nos pés. Começa o show do DJ Dinho. Eles dançam no mesmo lugar. Está mesmo caído. Porra, da última vez quase não tinha lugar nem pra ficar parado, e agora a gente se espalha, né? Não te disse? Meio da manhã, na seccional. Gil de ressaca. Orlando Urubu entra para buscar notícias. Urubu! Ele responde "vai tomar no cu", sem nem se preocupar com quem está perto. Fala, porra. A farra foi boa? Festejando a vitória do Leão. Foste? Assisti na TV ali na Doca. Esse centroavante presta? É mais um. Esticada? AP. AP? A Pororoca, porra, ainda não sabias dessa? Ah, tu que és de rádio, que papo é esse que o Tupi e as outras aparelhagens estão fodidas por causa de um tal de tecmelody, sei lá, com uma DJ aí... Os DJs lá da rádio estão tocando. Tem uma Tatí Gamberone que canta pra caralho. Som moderno e tal, dançante. Porra, já não fazem brega como antes. O Tupi ontem estava fraco, mas até foi bom porque nós, pera lá, nós uma vírgula, já te contei que estávamos em três? Três? Sim, senhor, o papai aqui, mais a Dora e a Donata, aquelas duas ali da Matinha, sabes? As duas? Dora e Donata? Filho da puta, tu me disseste que ias esperar por mim. Ah, mermão, não mandei dar o dzar por aí. Te procurei, não rolou, as duas foram pro saco, querido. Tu és um amigo escroto, viste? Pois, olha, vai ter volta, porque vai chegar a minha vez. Nada como um dia atrás do outro. Sábado. Clube Imperial. Quadra lotada. O som é tecnomelody. As gurias passam. Os rapazes babam. Os traficantes faturam com ecstasy. A DJ Gatinha está no palco, gritando palavras de comando que a galera vai respondendo. E então anuncia a cantora Tatí Gamberone, a Madonna do Pará! A morenaça entra em cena, dançando e agitando, com short cavado, botas de cano alto, couro, luzes, muitas luzes, gelo seco, muito brilho. Vai mixando uma música na outra. Com a altura do som, ninguém ouve o ruído de um tiro. De repente, Tatí ajoelha com a mão no peito e cai. A mão que estava no peito agora mostra sangue. Gritos, correria. E, então, agora perfeitamente audível, uma bomba estoura no banheiro dos homens. Ninguém se entende. Todos querem sair. Gente pisoteada. No palco, Tatí é amparada pela DJ Gatinha e pelo empresário Zé Renato, o Cabeça Branca. Sábado de plantão. Vem o Cícero. Porrada lá no Imperial. Teve tiro, bomba, o caralho. Vamos. Têm dificuldade em chegar. Carros saindo, gente correndo. No portão, um cara se encrespa. O que foi? A festa acabou, porra, não viram? Sai da frente, caralho. Polícia, porra. A quadra tem seu piso coalhado de sapatos, sandálias, baldes, latinhas de cerveja, celulares. Garçons afobados tentam recolher o possível e pensam no prejuízo que tiveram com quem saiu e não pagou. Gil vê Atargildo, um garçom conhecido. Um sufoco, chefe. Maior correria. Deram um tiro na cantora. Bomba explodiu, e aí, já viu. Quem fez? Quem sabe? Estava no palco aquela Tatí

Gamberone, toda gostosa, a galera na onda, e de repente... Eu nem vi. Estava servindo. Me contaram. Uma cagada. No palco, o corpo da cantora. Porra, a caboca era gostosa mesmo. Ao lado, a DJ Gatinha, uma gata também. Dá licença, polícia. Alguém viu quem atirou? Vai te foder! Como pode? E eu lá sei! Minha amiga morreu! Minha irmã de luta, porra. Vai te foder. Zé Renato o puxa de lado. Desculpa a gata, delega. Tá chocada. E você, não viu nada? Não. Estava no escritório contando dinheiro. E não foi nem assalto? O que poderia ser? Alguma rixa? Delega, hoje não temos condição de dizer coisa com coisa. Queremos chorar nossa amiga. E lhe entrega um cartão. Amanhã à tarde, depois do enterro. Então Gil se vira e percebe que muitos fãs voltaram e agora estão diante do palco, alguns com velas. Sai fora. Cícero, alguma coisa? O cara que fica no banheiro tomando conta viu uma figura aí jogar um pacote no vaso, que depois explodiu. Mas é um idiota, não sabe descrever ninguém. Vamos perguntar mais. Quem sabe, na vizinhança, alguém viu os caras. Será que alguma casa tem câmera de vigilância? Estás vendo muita TV.

Aqui é Orlando Saraiva, em flash especial, extraordinário, do programa Show do Urubu, em mais um banho de audiência na cobertura dos acontecimentos da cidade. E atenção: assassinato no Imperial. Acaba de ser assassinada, em pleno show, no Clube Imperial, a cantora de tecnomelody Tatí Gamberone. Ela levou um balaço certeiro, no peito, enquanto cantava suas músicas. Até agora a polícia ainda não tem suspeitos. Depois do tiro, houve muita confusão no Imperial. Muita gente ferida, mas felizmente foi só. As autoridades interditaram a quadra do local. Logo que tivermos melhores informações, voltaremos em mais um flash do Show do Urubu. Falou o repórter Orlando Saraiva.

Porra, Gil, ainda ontem nós estávamos conversando sobre essas porras, não foi? Pois olha, tenho pra ti uma boa dica. Fala, porra. Esse tecnomelody, anotaste o nome? Téc o quê? Tecnomelody, caboco, vê se aprende logo. Vai te foder. Essas duas, a Tatí e a DJ Gatinha, estão botando pra quebrar. Sabe o pessoal que vende CD pirata de brega? Tá se fodendo com elas. Tudo moderno. Tudo pela internet. Não vendem CD. Elas dão tudo pela internet. Sabe download? É, isso eu sei. Pois é, agora, com esse negócio de internet pelo celular, todo mundo baixa as músicas novas. Ninguém quer comprar CD se pode ter de graça. O pessoal das aparelhagens também está puto. A garotada fica pedindo pra tocar tecnomelody e eles não querem, por causa do mercado todo, sabe? O artista grava e manda pros camelôs venderem. Todo mundo ganha e eles fazem show. O tecnomelody é só baixar na internet e ir ver o show, sacou? Valeu a dica? Tá, mas será que isso é motivo pra dar tiro em uma artista, em pleno palco? Porra, hoje em dia, meu, por muito menos os caras estão matando. E, olha, tem também o lance de ecstasy, aquela pílula, aquela bomba que a galera toma, fica de olho vermelho, tomando água e pulando três dias. Porra, mermão, tu tá por fora pra um delegado de respeito. Vai tomar no olho do teu cu. Porra, nem agradece, caralho. Obrigado, porra. Cícero, pega uma fita métrica e vamos voltar lá. No palco. O Agberto me disse que o tiro entrou de lado na cantora. Calibre grosso. Se ela estava cantando aqui, de frente pra lá, e o tiro entrou aqui, então. Mede de lá até aqui. Quinze metros, no máximo. Vamos ver por aí, por onde estavam as caixas de som. Acharam um cartucho. Cara, foi assassinato mesmo. Quem atirou sabe fazer. A cantora era meio gostosa, quase gorda. Aqueles peitos todos, aquela banha, seguraram a bala, senão ela tinha saído e feito um buracão na saída. Então alguém foi contratado para matar. E não só isso. Tinha de ser na frente de todo mundo. Pra meter medo, não é? Alguém muito prejudicado pelo tecnomelody. Mas, ainda assim, não é muito punk achar que por isso já se contrata matador profissional?

O delegado Gil estava de plantão na noite do crime e esteve no Imperial logo depois do assassinato. Delegado, são muitos boatos dando conta do número de balaços que atingiu Tatí Gamberone. O senhor poderia esclarecer para nós, para os inúmeros ouvintes, fãs de Tatí que estão ouvindo, que estão realizando manifestações nas ruas e que acompanham seu enterro neste momento, poderia esclarecer, delegado Gil? A cantora Tatí Gamberone foi assassinada com apenas uma bala, disparada por arma de alto calibre. As investigações ainda estão no começo. Não posso adiantar mais nada. Obrigado, delega, falou Orlando Saraiva, do Show do Urubu. Prossegue agora nossa programação especial com Tatí Gamberone!

Gil desligou o telefone e continuou assistindo à cerimônia de enterro de Tatí, no Parque da Saudade. Os fãs cantavam músicas que ele não conhecia. Porra, a PVC, porra da velhice chegando. Agora as músicas dos jovens eram estranhas. Que merda. A DJ Gatinha jogou uma última flor no caixão. Porra, sabe que é uma mulher linda também? Ontem não prestou tanta atenção. Correu tudo bem. Muitos policiais. Ninguém ousaria fazer nada. Pega o telefone. Cícero, vou encontrar com a DJ Gatinha e o empresário. Reúne o nome dos principais donos de aparelhagens. E os líderes desses camelôs que vendem CD. Porra, tem o pessoal que vende drogas, né? Não, começa com isso que eu te dei. Na saída, notou aquela Land Rover negra, linda. Vai ver é outro enterro. De qualquer maneira, anotou a chapa, de Ipixuna, Pará.

É uma casa de dois andares mais porão, na Manoel Barata, centro do comércio, com entrada dificultada pelos milhares de camelôs instalados na calçada, vendendo e gritando por tudo. Passam o dia se arengando, conversando, comendo, sujando tudo. Parecem ter a força. Não tem prefeito, governador, não tem político que os tire dali. E quem vai cuidar da fachada, toda pichada, ainda com cartazes da eleição de 2004, descorados e tristes? Quando entra, o empresário Zé Renato o recebe com um aperto de mão melancólico. Há uma escada até o primeiro andar. Tábua corrida. Espaços vazios. Até a sala. No sofá, encolhida, triste, a DJ Gatinha. Desculpe por ontem. Você estava chocada. Foi muito forte. Na minha frente. Posso imaginar. Minha amiga, parceira. Minha irmã. Vocês têm alguma mínima ideia do motivo para alguém querer fazer o que fez, assim, na frente de todo mundo, como quem quer avisar a todos de alguma coisa? O Cabeça Branca fala. Elas, quer dizer, nós temos causado algum alvoroço no mercado. Lançamos um novo ritmo, e um pessoal da antiga, aí, já vinha ficando aborrecido. Quem? Pode dar nomes? Olha, não dá pra acusar ninguém. Mas você pode conversar com os donos da Big Bangu e o Acácio do Esmeralda. Eles são dois dos maiores, sei lá, de repente. Tem também a galera que vende CD. Isso está superado. Agora todo mundo tem internet. Tem celular. Baixa as músicas. Mas desses caras eu não sei. E, agora, vocês vão ouvir o aviso e vão parar de fazer música, fazer shows? Silêncio. Ela fala. Eu não vou parar. Só sei fazer isso. Minha vida está começando. E faço também pela Tatí. Ela não merecia. Toca o telefone. O Cabeça Branca atende. Pede licença. Sai para falar.

Quando é o próximo show?

Nem sei. Se dependesse de mim, já seria hoje mesmo. Parece que, com a morte da Tatí, todos ficaram ainda mais animados. As rádios não param de tocar. Gente, a Tatí morreu! A Tatí morreu! Ainda ontem nós estávamos juntas, meu Deus! Vocês eram próximas, assim, tipo irmãs, melhores amigas ou... Não. Amigas desde a infância. Somos de Barcarena. Sempre com o sonho de ser artista, essas coisas. Ela canta, digo, ela cantava muito, sabe? Eu não, sou melhor na produção de som, na composição. Agora vai ser muito difícil, mas eu vou continuar. E, não, não rolava nada entre nós. Gostamos de homens. Desculpe, ainda é difícil falar de Tatí no passado. Enquanto falava, a DJ Gatinha saiu da posição encolhida no sofá e foi revelando toda uma beleza feminina que o deixou tonto. Recuperou o raciocínio. Qual seu nome? É chato ficar chamando de DJ Gatinha, sabe? Mariella. Mas sempre me chamam de Mari. Combina. Devia ser Maribela. Como? Desculpe, sei que você está chocada, mas é uma moça muito linda. Obrigada. Alguma ameaça? Para nós? Não. Não que eu saiba. Vocês estavam irritando o pessoal das aparelhagens, vendedores de CDs. Mas isso é do mercado, da novidade. Não seria motivo pra sair dando tiro em ninguém. Também acho. E o Zé Renato? Está conosco desde o início. Ele já vem da turma do tecno, daquelas raves, entende? Deu muita dica de som pra gente. Ele é gente fina, não pega nada. Desculpe, estou sendo mal-educada. Não lhe ofereci nada. Só um refrigerante está bom. Casa enorme, hein? Estava acabada quando comprei. Venho reformando constantemente. Vem cá que vou te mostrar uma coisa. No segundo andar, um estúdio completo. Muito bom, aqui dá pra gravar um disco inteiro. Dá mesmo. É tudo moderno. Meu castelo. E lá embaixo, vamos. No porão. Um quarto imenso, bem confortável, TV, geladeira, som, tudo. E a Tatí, morava aqui? Sim, no outro quarto, pegado a esse, mas independente, claro. Ela tinha namorado, paquera, alguém que pudesse ter motivo para matá-la? Namorado, não. A gente não consegue tempo pra isso. Só umas beliscadas aqui e ali. É pena. O quê? A falta de tempo. Namorar é importante. Eu sinto falta. Você tem namorada? Não. Atualmente não. A vida na polícia não dá tempo. Só umas beliscadas. Escuta, hoje não tenho clima, mas você podia passar amanhã aqui pra gente conversar melhor. Claro. Eu ia justamente te falar disso. Amanhã? Então dá dois beijinhos pra selar o encontro. Gil volta para casa tão empolgado que esqueceu que era domingo e o Remo jogou contra a Tuna e empatou em 0 x 0.

Seccional. Reunião com donos de aparelhagens. Olha, delega, não fomos nós. E também não é a primeira vez que aparece uma onda nova. Dura uns dias e se acaba. Espera lá, porque vocês andam fodidos, com casas vazias por causa do som das meninas. É, mas elas vão passar. A gente está fodido, pode até ter raiva, mas mandar matar, sei lá, isso é que não. Cada um de nós tem muito tempo de estrada. E sempre pagamos direitinho as licenças e tal. Tá bom. Cícero, cadê os camelôs? Não vem ninguém. Os caras são escabreados. É tudo terceirizado. O Carlos Alberto ficou de estourar amanhã um depósito de muamba. Vai ser a Operação "Baculation". É só pra chamar atenção, e de repente a gente pesca alguma coisa. Conseguiste alguma coisa com a DJ? Ainda não. A mulher estava perdidona, sabe como é. Vou lá agora depois do almoço. Entra o Flávio. Vem todo mundo aqui ver no computador. Internet. YouTube. Show de Tatí Gamberone. Filmado de celular. Agora olha ali do nosso lado direito. Tá vendo. O clarão do tiro. Não vi. Bota de novo. Porra, não tem um programa que melhore essa imagem? Estás vendo muita TV. Tá, vou tentar. A DJ veio atender. Maquiada. Vestia uma espécie de camisolão solto no corpo. Descalça. Desculpa a demora. Estava na rede. Se quiser, volto outra hora. Imagina. Que tal, melhorou o astral? Um pouco. Difícil dormir. Pra mim ainda não caiu a ficha. A Tatí vai entrar por aquela porta, daquele jeito dela todo jogado. Puxa. A DJ agora joga seu rosto contra o peito de Gil, que a ampara. Sente seu corpo chegar junto, quente, pulsante. Ela fica alguns minutos chorando. Gil faz carinho em seus cabelos. Agora os dois corpos ficam colados. Rola um beijo. Dá dois passos e solta o camisolão. Nada por baixo. Na contraluz, Gil contempla o belo corpo nu e o rosto, ainda molhado de lágrimas. Então se adianta e a toma nos braços. Quando acorda, fica contemplando, na penumbra, aquele corpo. É hora de ir. Fica mais um pouco. Não. Quando nos vemos? Não vá embora. No primeiro andar, o Cabeça Branca. Ele faz que não nota a diferença na relação. Gil não é mais nem polícia nem visita. Mari, não tem jeito, precisamos fazer o show no Cassazum depois de amanhã. Mas já? Contrato assinado antes, e agora mais ainda. Todas as mesas foram compradas. Mesmo sem a Tatí? Querida, você agora é a estrela principal. Escuta, pode ser contrato, o que for, mas é perigoso. Pior para a polícia, porque é em público, casa lotada. Ela tem de ir. É, Gil, eu vou fazer. Você vai comigo? Vou, claro, mas vai ser foda.

  Seccional. Gil, vamos que o Carlos Alberto chamou. De onde? Da DRCO, Divisão de Repressão ao Crime Organizado, mais Rotam, Meio Ambiente, galera do "Renato Chaves", Guarda Municipal, Secom e os caralhos. Ali na Riachuelo. Tem mais de vinte presos e estão recolhendo toneladas, principalmente CDs virgens, né? Bom-dia. Sou o delegado Gil. Estou investigando o assassinato daquela cantora Tatí Gamberone. E daí? Não somos camelôs, não vendemos nada. É um engano, porra, daqui não vai sair nada, cara. Vamos ali na João Alfredo que a gente já tem a informação. Tem disco da Tatí Gamberone? Aqui ninguém vende disco dessa corna. Porra, a Tatí é famosa... Freguês, tem CD de tudo que é tipo, menos dessa mulher aí. Ela não vendia disco, não é? Muita procura? Até que tem, mas só os desinformados. A maioria sabe que é baixar na internet. E então, prejó pra vocês? É, chefe. Da galera antiga vende bem? Depende. Às vezes é rapidola. E esse tecnomelody está pegando mesmo? Tá na onda agora. Uma merda. E isso é motivo pra vocês mandarem matar a cantora? Doutor, tamos fora. Aqui é tudo pé de chinelo. E lá tem dinheiro pra mandar matar? Aqui tem um que já tirou cadeia, não tem? Quem é? Sou eu, Anderson, mas não foi tiro, facada, porra nenhuma. O que foi? Roubo. Então quais são os outros caras aqui de Belém que estão no prejuízo por causa do tecnomelody? Ninguém fala? Delega, a gente só sabe da gente, tá ligado? Ninguém me dá nem um nome pra procurar? Silêncio. Valeu.

Seccional. Manifestação de jovens na frente. O delegado-chefe chama. Vai rolar uma coletiva para a imprensa. Maior pressão. Temos alguma coisa? Quem atirou? Se era namorado corneado, cobrador, maluco, a puta que pariu? Nada. Conversamos com os donos de aparelhagens que estão no prejuízo por causa da fama das meninas. Com o pessoal que vende CD pirata. Nada. E a garota que sobrou? Nada. E tem mais. Ela vai fazer show amanhã no Cassazum. Puta que pariu. E depois vão dizer que a polícia é que tem culpa. Que devia proteger e os caralhos. Vai se foder. Chefe, todas as mesas vendidas. Eu vou estar lá, né? Leva contigo o Cícero, pelo menos. O Cassazum é do exército, os caras têm proteção interna. E agora, o que é que eu vou dizer? Gil, vem comigo. Se fosse um porra desses que não tem onde cair morto, ninguém movia uma palha, mas porque é artista, já viu...

Senhoras e senhores, no que diz respeito à investigação do assassinato da cantora Tatí Gamberone, temos a dizer que tão logo recebemos a informação, os delegados Gilberto Carvalho e

Cícero Borges foram até o Clube Imperial, onde ocorreu o crime, e desde então reúnem pistas e provas para encontrar o criminoso. É tudo o que podemos dizer até agora, além de lamentar, junto com todos os jovens fãs da cantora, seu falecimento precoce. Delegado, foi somente uma bala que matou Tati? Foi. Alguém que estava escondido entre caixas de som no palco deu um tiro bem preciso. Bem, muitas pessoas já viram uma filmagem feita em celular e colocada na internet. Estamos apurando e creio, não é dr. Gil?, creio que em poucos dias teremos novidades e o autor desse crime tão vil pagará por ele. Muito obrigado.

Escuta, Cícero, a gente precisa raciocinar, pra ter um foco nessa investigação. Atrás de quem nós estamos? De quem matou e de quem mandou matar a cantora, né? Certo. E, até agora, sabemos que ela, mais a outra gata e o Cabeça Branca estavam ou estão causando problemas financeiros para quem? Pros donos de aparelhagens? Sim. Os camelôs que não estão vendendo CDs de tecnomelody? Sim. E eu te pergunto se esses pés de chinelo teriam motivo para chegar a matar ou foi alguém mais poderoso, alguém que provê essa moçada de, por exemplo, CD virgem. É porque alguém traz pra Belém esses CDs virgens, não é? É, claro que é, mas eu te digo outra coisa: drogas. Nessas festas de tecnomelody rola ecstasy, diferente das aparelhagens onde rola coca e mato, né? É. E aí? Temos que voltar aos camelôs. Quem é o fodão que vende os CDs? A outra também. Primeiro, quem vende ecstasy, depois, quem vende coca e maconha, se bem que esse nós bem sabemos, mas ainda não conseguimos acertar.

Cassazum. Noite abafada. Clube lotado. Eles estão em um camarim improvisado. Há bebidas sobre uma mesa. Pratinhos com frios. O Cabeça Branca passa e entrega algo para a DJ. Ela disfarça, vai ao banheiro e volta sem demorar. O Cabeça Branca avisa que vai sair para checar tudo e virá buscá-la. A DJ Gatinha aproveita e beija Gil. Senta em seu colo. Nota que ela está ligeiramente alterada. Coisa de artista, pensa. Promete que vamos pra casa depois do show, juntinhos? Prometo. Então dá um beijo de boa sorte. Boa sorte. A DJ Gatinha está em cena. Todos vibram, cantam e dançam junto. Gil dá uma volta pelos bastidores. Não há muito espaço. Mas os olhos treinados percebem a venda de pílulas a vários jovens. Deve ser ecstasy. Mas não está ali para aquilo. Cabeça Branca olha de longe. Está ao celular, bem agitado. O bicho vai pegar. A DJ Gatinha faz homenagem a Tatí Gamberone. Rolam vídeos no telão, mixagens especiais, palmas, risos e choro. Gil está bem atento. Tudo terminou bem. De volta ao camarim improvisado. Fila de fãs. Beijam, pedem autógrafos, fotos, lamentam e choram Tatí. Vem um com olhar diferente. A DJ Gatinha também olha diferente. Não diz nada. Passa a ela algo e vai embora. Gil quer saber o que está escrito. Nada. Coisa de fã. Agora a van dispara na noite escura até o castelo da DJ Gatinha. Ela vai feliz, falando alto, acelerada. Entram fazendo barulho. O Cabeça Branca avisa que vai estar no escritório, prestando contas e fazendo relatório. Gil e Gatinha vão para o quarto. Ela vai tomar um banho. Caminha, linda, jogando as roupas pelo caminho. Gil se joga em uma poltrona. Também sou gente. Agora deixo lá fora o delegado. Ouve o ruído da ducha. Liga a TV, qualquer coisa, para preencher o tempo. Um tiro. Dois. Alerta. Desperto. Puxa a arma e sobe na direção do som. Encontra Cabeça Branca morto. Duas balas na cabeça. Calibre grosso. Por onde? Pelo teto. Claraboia. Casa antiga. Pega a cadeira. Sobe. Telhado. Lá no fundo vai o cara correndo. Vai atrás. Pelos telhados da Manoel Barata. Ele despista. Gil encontra. Ainda não conseguiu diminuir a distância. Sumiu. Não, desceu. Uma moto esperando. Tão longe? Não. Vai na garupa. Gil volta cansado, suado, ralado da perseguição. Toca na porta. Ninguém atende. Sobe pela frente, vai até a claraboia e desce. O Cabeça Branca morto. Computador ligado. Mariella? Mariella! A DJ Gatinha sumiu. Fugiu. Pássaro Preto ao celular. Já fiz. E o delegado? Veio atrás. Agora está voltando a pé pra casa. Faço ele? Não. Já peguei o que eu queria. Ele que se foda. Luzes de polícia. Gente que entra e sai. Peritos fotografam o morto. Outros já estão recolhendo computador e celular. Alguém chega com sacos cheios de ecstasy.

Aqui é Orlando Saraiva, em flash especial, extraordinário, do programa Show do Urubu, em mais um banho de audiência na cobertura dos acontecimentos da cidade. Assassinato no centro da cidade! José Renato Pinto Costa, mais conhecido como Cabeça Branca, empresário da DJ Gatinha e ex-empresário da cantora Tatí Gamberone, acaba de ser assassinado na casa da DJ Gatinha, uma mansão na Manoel Barata. Cabeça Branca levou dois balaços na cabeça e não resistiu. Quem estava também na mansão, dando proteção à DJ Gatinha, era o delegado Gil, que perseguiu o criminoso, mas que, no entanto, evadiu-se utilizando uma motocicleta. A polícia está na cena do crime colhendo provas para descobrir o assassino. E atenção, atenção! A DJ Gatinha sumiu. A DJ Gatinha, que estava em sua mansão, no momento do crime, simplesmente sumiu. O delegado Gil perseguiu o criminoso e quando retornou à mansão não mais encontrou a DJ. Ninguém sabe onde ela está. A polícia pede para quem a vir, avisar, porque ela corre perigo de vida. É mais um flash do Show do Urubu, sorry concorrência, mas a gente chega na frente. Voltamos mais tarde, em nosso horário normal, com mais detalhes desse bárbaro assassinato. Aqui falou Orlando Saraiva, para o Show do Urubu.

Ecstasy

THIAGUINHO É O TAL. Forte, jovem. O pai é fazendeiro e dono de postos de gasolina. Ele faz o que quer. Anda armado. Tem uma corte permanente. Gil está infiltrado. Noite de sábado. Na esquina da travessa Almirante Wandenkolk com a avenida Senador Lemos, o trânsito está parado. Uma profusão de bares e casas noturnas. De um lado, o bar Trânsito, com grupos de pagode, jovens que pagam uma cerveja e ficam a noite inteira azarando, e gostosas que ficam tentando todo mundo. Do outro, a boate Barcelona, complexo de pistas de dança, restaurante e bar onde vão os bacanas de Belém dançar e mostrar seus off roads importados. Mais adiante, outro bar no estilo Trânsito. Por perto, o que chegou primeiro, Roxy Bar, um charmoso bar e restaurante com decoração inusitada, cardápio admirado e um público que mistura várias correntes, inclusive os que passam ali para um pitstop, antes ou depois da balada. Saindo do Barcelona, um grupo se destaca. São jovens, bonitos, fortes. Bem fortes. À frente, um jovem já não tão jovem, mas ainda querendo ser. Thiaguinho. O pai é grande fazendeiro na região de Castanhal. Dono de cadeia de postos de gasolina, onde vende combustível adulterado. Todas as polícias procuram a melhor maneira de prendê-lo, de tal forma que não possa usar suas influências para sair rapidamente, achando graça. Thiago é o pai. Thiaguinho é o filho. Ele pode tudo. O grupo vem passando entre os carros. Inadvertidamente, um dos carros esbarra em Thiaguinho. O pé deslizou na embreagem. O cara pede desculpas. Thiaguinho não aceita. Insulta. Dá um murro e chute na porta do carro. O cara sai do carro. Thiaguinho o agride. Seu grupo fecha sobre o cara. A mulher dele sai pelo outro lado, gritando, desesperada. Seu marido está caído, encostado no carro, com a cara ensanguentada. O grupo vai saindo. Thiaguinho acena para o guarda de trânsito, seu camarada, ganha um chem pela noite. Cercado por duas moças, mais dois amigos, entra no Roxy Bar. Os outros saem rindo, vão embora. Ocupam uma mesa logo na entrada. Deram sorte. O Roxy ainda está quase lotado. Sentam. Thiaguinho fala alto. Conta vantagem. Babaca, otário. Levou logo um téo nos cornos. Tu acertou bem nos cornos, espocou sangue, direto. Foi só um téo. Eu dei-lhe foi um chute, caralho. Garçom. O garçom não ouve, dado ao barulho reinante. Joel, caralho! Ele vem. Thiaguinho, olha as pessoas nos olhando. Tô cagando. Tenho dinheiro. Olha aqui. Quer contar. Que se foda. Joel, meu filho, nós estamos com fome. Pede pra gente, o quê, galera? Vamos de Sadam Hussein, que quebra qualquer broca, né? Então vai e diz pra aquela senhora lá de dentro que foi o Thiaguinho que pediu, ta? É pra já, caralho, tá? Vai. Passam alguns momentos. As duas meninas fazem carinho nele, suarento, bêbado, sem perceber. Fica impaciente. Tá demorando, porra. Bate forte em um prato, que quebra, no meio. Thiaguinho, querido, não te aborrece. Não aborrece um caralho. O caralho é meu, o dinheiro é meu, porra. Vou quebrar. Posso. Eu pago. E também não pago se não quiser. Ei, Davi, esse teu nome é porque tu é judeu? É, mermão? Eu não acredito em nada, Thiaguinho, mas o pai é judeu, sim. De ir na sinagoga e os caralho. Porra, tu é judeu, porra. Levanta aí, bota o pau pra fora que eu quero ver se tu tem o pau cortado, vai. Tu é doido, Thiaguinho, vai dar só cagada. Ia ser legal, porra, tô quase fazendo. Tu é frouxo, porra. Se sou eu, levanto e ponho o pau pra fora. Deixa eu botar, deixa. As meninas não deixam. Para, Thiaguinho. Tá todo mundo olhando. A comida chega. Eles comem, calados.

A cena já é na porta do Roxy. Thiaguinho sai com as duas meninas. Marcelo para um lado, Davi para o outro. Ele entra no carro, dirige em direção à sua casa, pelo Reduto, casarões, passa por travestis e quando fica mais calmo, liga do celular. Chefe, aqui é Gilberto. Desculpa demorar, mas acabou agora. Ele foi dormir, bêbado e com duas mulheres. Eu também estou bêbado, cansado e puto da vida de ter de aguentar esse filho da puta. Mas olha aí. Ele falou que vai chegar produto. Agora brinca comigo, tá virando amiguinho, tá confiando. Ainda não sei a data certa, nem o local, mas está rolando, e se ele falou é porque não demora. Fica ligado. Agora vou dormir. Sai do ar o Davi Porra Louca e volta o delegado Gilberto Carvalho, mais infiltrado no tráfico do que silicone em peito de traveco.Tchau.

Academia de ginástica. Barulho, atividade no ar. Alguns correm, outros se exercitam. Thiaguinho mostra toda sua força no supino. Há uma torcida a favor, dando força, aplaudindo. Meninas dão gritinhos de excitação. Num canto, Davi/Gil conversa com uma professora, linda de corpo e de rosto. Aí, Val, e o finde? Na mesma, né? O Ítalo agora só quer saber de dormir. Ou então, chega nos lugares, bebe, fica bêbado e quer ir embora. Um saco! Larga esse cara. Tu aí, tão linda, cheia de vida, querendo curtir, se divertir, não tô falando de mal, não, de sacanagem, e sim de você se dar bem, ser feliz. Pois é, né? Quando a gente casa, tudo é festa, e aos poucos vai ficando essa monotonia... No começo, a gente transava de manhã, de tarde e de noite. Se bobeasse... agora... Valzinha, tu aí nessa precisão e eu aqui, babando por ti... Ô, Davi, tô falando sério, tu vens com brincadeira... Eu brinco, mas também falo sério. Eu tenho trinta pneus arriados. É só um aceno e eu corro, tá? Tá bom. Tu é um cara legal... Mas pra fazer exercício, é um molenga. Vamos, moleque, trezentos abdominais pra ti, pra queimar a farra do finde... Mas, Valzinha... Vamos!

Agora a turma se reúne pra ver Val contar os trezentos exercícios de Davi. Todos acham graça. Davi, com sacrifício, termina. Quando acaba, Thiaguinho vem cumprimentar. Maneiro, irmão.

Maneiro. Agora, eu se fosse tu, dava logo um pau no macho dessa professora, pra ele sair fora e tu poder botar dentro, porque essa aí não mija fora, não. Acho até que é encrenca. Olha, aquele magrelo ali, é amigo do cara. Ele vai contar, queres ver? Eu vou dar jeito nisso. Não quero te ver preocupado. A gente tem um trampo aí, chegando. Tá na hora de te enturmar. A gente vem te sacando... Sacando? Eu não sabia que estavam me sacando. Qual é, Thiaguinho? Porra, eu tô numa de amigo, na boa, mermão... Não encrespa, moleque. Tudo certo. Tu é nosso. Tranquilo... A gente conta contigo. Vou até te dar um presente... Tá bom, tá tranquilo. Vamos embora. Davi vem do vestiário, banho tomado. Vê os amigos, na porta da academia. Vai chegando, na boa. Vê o rapaz magro, que seria o amigo do marido da professora. Ele está imobilizado por Thiaguinho. Aê, moleque. Tá na mão. É teu presente. Espoca logo que ele aprende quem manda. Quem é o picão da professora. Davi anda e pensa. Se não atuar conforme o esperado, lá se vão várias semanas infiltrado. Agora era a hora. Sorriu para Thiaguinho. Thiago, tu é foda, foda pra caralho. Deu um socão no meio da cara do rapaz. Esguichou sangue. Um chute. Preciso te dizer alguma coisa? Precisa, caralho! E ri alto. Todos riem. Saem pela rua, ruidosos. O rapaz fica lá, caído. Thiaguinho diz no ouvido. Aparece lá no bar hoje de noite, que tem trampo pra gente. Valeu. É num posto de gasolina da família, que tem um bar também. Estão todos lá, mais alguns barra pesada que não conhecia. Chegou, pediu cerveja e ficou por ali, arengando com os colegas. Alguém comenta sobre a porrada que deu no rapaz da academia. O outro fala do xiri da professora e ele diz menos, menos, cara, eu gosto da gata, tá? Menos, vamos respeitar. Valeu, na boa, mas tu sabes que ela é gostosa, né? E todos riem. Vem Thiaguinho e mais uns dois. Com os dedos, indica alguns e chama. Davi é um. Ficam em meio círculo, com a carteira de Thiaguinho à frente. Olhaê, eu sei que vocês estão estranhando o Davi, mas é gente boa, gente minha, ele chegou tem um tempo, todo humilde, amigo de todos, na boa, bebe bem, é companheiro, de confiança, eu vim testando, olhando e acho que ele pode ser, tá certo? Pode confiar, pode vir com a gente. Davi, mermão, a gente distribui bala pra galera de rave, esses psicopatas que gostam de baticum. Eles se enchem de bala e a gente de grana, legal? Claro, isso é coisa nossa, grupo fechado, só nós. Tô te convidando porque tu é chegado, eu vim notando, testando e tal. A gente precisa de companheiros, gente de fé, né? A coisa tá crescendo e aí precisa de braço, precisa de cérebro, de pensar e ajuda. Tá bom? Tá certo? Davi concorda. Fico honrado. Amigo, cara. Amigão. Vamo nessa. Thiaguinho segue. Minha garantia. Minha gente. Bom, dito isso, o nome é Davi, vocês sabem, prazer... Bom, o negócio é o seguinte: mesmo esquema, tá. Tá chegando agora de madrugada. Então a gente vai pegar a bufunfa. Davi e Haroldão ficam no carro. Um olha o outro. Motor ligado. A gente desce antes e vai quebrando umas e outras, distribuindo grana e tal. Mesmo esquema. Silêncio. Papo sério. O barco encosta lá fora, pega e traz, jogo rápido, a gente sobe e se manda. Combinado? Desculpa aí, mas desta vez não vai ter festa. Da próxima, legal? Então, na boa, vamos esperar. Vamos sair. Lá fora, Davi chega em Thiaguinho. Bró, escuta uma coisa. Tu me escolhe assim, na marra. E os outros? Norbertinho, teu do peito, Souza, malandro, porra, e assim vai me chamando... Tudo frouxo. Tudo frouxo. Uma coisa é amizade de farra, outra é pra contar. Lance de lealdade, sacou? Inteligência. Cerebral, cara, cerebral. O trajeto é silencioso. Entram por Castanhal, até Macapazinho. É aqui. Silêncio. Ficam no carro Davi e Haroldão. Davi olha o celular, como quem vê as horas, mas quer saber se tem sinal, para ser rastreado. Haroldão fala. Porra, aqui, em julho, tem uma festa muito bonita. Julho é praia, bró. Círio de Macapazinho. Tudo em canoa, levando o santo, não lembro qual. Isso aqui fica tudo cheio de gente. Umas cabocas gostosas, ih, cara, tu ia gostar... É, ia. Sou mais disso do que dessas festa de bacana... esses babacas, tomando esses ferros todos... eu quero é foder, vou querer ficar doidão... Fala baixo, porra... eu quero é que se fodam, também... pagando,

né? Pagando, né? Chega a galera com os pacotes. Tudo certo. Simbora, galera! Chegam de volta ao posto. Se dividem. Haroldão pede carona a Davi. Não tem jeito, ele dá. Vem um cruzamento. Alguém está gritando da janela de outro carro. É contigo, Davi? Ele olha. Putz, é Urubu gritando Gil! Gil! É. É comigo. Te chamando de Gil? Não, de Bill. Brincadeira de infância. Brincávamos de camoniboy e eu era Bill. Porra, não espalha, é coisa de criança. É doido esse filho da puta. Não via tem uma pá de anos. Que vá se foder. Haroldão fica olhando estranho. Puta que pariu, não vai agora, na melhor hora, esse Urubu estragar tudo, né? Tchau.
  Em casa. No telefone. Rolou. Macapazinho, a gente já sabia. Agora sei o ponto. Rastreou? Fraco o sinal, né? Mas eu já sei. Não, não cheguei lá embaixo. Também não é assim. Fiquei no carro. Cara, não deu pra contar, mas é um pacote grande. Ecstasy e as outras bombas todas. Eles vão distribuir na rave de sábado, no sítio do Priprioca. Porra, três dias de festa? Qual é? O cara vai faturar. Não sei se repassa. Ainda não fui admitido no círculo interno. Mas agora vou saber antes quando vai rolar e a gente prepara o puçá. É coisa grande. Tamo sozinho na onda. Não tem PF. Vai ser assim, mesmo? É, sacana, mas não é o teu cu que está na reta. Bom, somos nós, então. Fui.
  Dia seguinte. Academia. A galera reunida. Thiaguinho e sua tchurma. Supino. Valzinha, a professora, encosta. Sabe o que eu acho mais engraçado? Tu vens com esse teu papo, cheio de perfume e coisa e tal, e depois te juntas com essa galera. Não dá pra entender. Um monte de bombado idiota. Esses caras não gostam de mulher. Gostam de si próprios, isso sim. Tu ouviste falar que eles machucaram o Nemésio, um cara magrinho que estava sempre aqui no horário? O cara está no hospital. Não quis dar queixa na polícia, apavorado. Também, não pode nem falar direito... Bando de marginal, isso sim. E tu com eles. Valzinha, também não é assim... É assim, sim. Não combina, Davi, não combina. Então eu vou te fazer uma proposta ousada. Vamos

jantar no sábado. Mas quando? Vamos. Cedo. Tu dizes pro cara que a aula foi até mais tarde, sei lá, reunião, inventa. Nem pensar. Isso não é direito. Ah, Valzinha, vai dizer que não quer? É cedo, jantar, lanche, só pra gente conversar fora daqui, mais tranquilo, sabe? Quer saber de uma coisa, Davi? Tá combinado. Se atrasou. A turma saiu antes. Vem saindo sozinho da academia. Na recepção, Orlando Urubu. Urubu! Vai tomar no teu cu! As recepcionistas olham. Abraçam-se. Porra, o que tu tá fazendo aqui, em uma academia, seu porra? Tu nunca foste disso. Tu só gosta de levantar copo... Porra, Urubu, cala a boca e vamos saindo de mansinho. Te conto adiante. Entram no carro de Davi. Ao fundo, Haroldão, escondido, olha. Pronto, Gil, abre o bico, direto, que não estou acostumado a segredinhos... Depois, tu me deste o maior gelo na outra noite. Fazia que não via, olha o falso filho da puta. Era o que faltava. Urubu, cala o bico tu, porra. É supersecreto. Não posso contar. Operação secreta. Porra, uns três meses fodido, dia e noite. Porra, te deixo na esquina e some. Te dou todos os detalhes quando estourar, mas agora não posso contar. Ô, sacana, isso costuma ser rolo de federal. Como é que já vocês... É parada nossa. Não tem federal. Cala boca. Olha, se tu deres exclusividade pra aquela galinha da Marcelina... Que Marcelina, caralho. Tu é o Urubu ou não? Vai tomar no olho do teu cu!

Capone Restaurante, área externa. Estação das Docas. Fim de tarde de sábado. Davi e Valzinha. Tô me sentindo uma mulher escrota, dessas que traem, desculpa a palavra. Eu não posso dizer, mas também me sinto. Traindo? Tu tens mulher? Não. Não é isso. Mas explica tudo o que tu me perguntaste naquele dia, lá na academia. Também não pergunta mais. Só pra te dizer que há uma razão para eu andar com aquela galera. Não devia nem estar dando essa dica, mas não consigo deixar que tu penses que eu sou daquele jeito. Não sou. Ah bom, porque realmente não combina. O que tu disseste pra ele? Ah, uma amiga chamou pra conversar e cedo eu voltava. Ele foi jogar bola, chega tarde, bêbado, dorme direto. Um saco. A gente bem que podia dar uma volta, sábado, verãozão, olha esse pôr do sol, né? Ah, Valzinha, o que interessa é que é sábado, verãozão, pôr do sol e tu estás aqui comigo, né? Tá. Agora, mais tarde, nós vamos pra uma rave, vender pílulas de ecstasy, tá sabendo o que é? Sei. Tráfico. É. Fica entre nós, tá? Tá. E tu és polícia, espião, sei lá... Não posso dizer mais, tá bom? Tá. Vamos até ali na amurada, sentir o vento? Vamos. Vão. Rola um beijo. Na rave. Som. Ar livre. A galera pelos cantos. Pulando. Zanzando. Thiaguinho feliz. A galera comprando. Alguém vem chamar. A polícia está lá. Davi fica nervoso. Fica frio, bró. São amigos. Do peito. Vai até lá fora. Entra apenas um policial. Cardoso! Cardosão! Que filho da puta, pensa. À vontade. Recebe um pacote de dinheiro. Prova do whisky. Dá abraços estalados e volta. Thiaguinho feliz. A polícia tá toda na minha mão. Bando de pobre, morrendo de fome. Qualquer grana e eles viram o cu pra eu meter, tá? E a noite ainda é uma criança!

Agora é de dia. Todo mundo doido. Thiaguinho aguenta bem. É um alcoólatra tentando controlar pra não foder com tudo. Vão passando e um garoto muito doido vem pedir. Não tem dinheiro. Vai te foder. Sem dinheiro não tem bala, cara. O garoto se insinua, doidão. Thiaguinho dá um murro forte. O garoto está tão louco que parece não sentir. Leva uma saraivada, cai no chão, chute na cabeça. Fica lá, se contorcendo, a boca com espuma. Davi nada pode fazer. Todos riem. Agora é que tu tá doidão mesmo, mermão! Dividem o dinheiro. Na vez de Davi, Thiaguinho avisa que rola outro carregamento. Conta com ele. Encontro no posto. O mercado tá bom. Todo mundo querendo ficar doido, mermão! Então tá. Gil chega no posto que tem o bar. Pega uma cerveja e senta. Clima estranho. Thiaguinho manda chamar. No escritório. Vêm outros três. Aê, beleza? Não, não tá beleza nada, Davi. Senta aí. Que foi, irmão? Irmão o caralho! Porra, não tem coisa pior do que trairagem, meu. Trairagem de brother é foda! Que trairagem, qualé, mermão, sai fora, tô limpo aqui na terra e lá em cima, sai fora. Sai fora, o caralho! Haroldão tá sabendo. Canta a pedra aí,

Haroldão. Chefe, eu tava na carona dele, naquela noite, quando um cara em outro carro ficou lá gritando Gil, e tal. Porra, eu olhei e era aquele viado do Urubu. O Orlando Urubu, o radialista. É chegado e tal. Perguntei e ele rebordou. Veio com papo laranja de amigo de infância, que não via há um tempo e tal. Porra, eu fiquei com aquilo na orelha, num sabe? Anteontem, a galera saiu da academia, ele ficou pra trás. Eu também. Sou desconfiado. O Urubu aparece e conversa e tal. Ele escabriado, olhando pros lados. Aí tem, cara... Porra, Haroldão, vai te foder, aja como homem, meu. Onde se viu. Não vejo o cara há porradas de anos, ele grita, aparece pra conversar, o que é que tem. Ele não sabe o que eu faço, não ando com ele, qualé, meu? Vou dar o dzar e ele fica desconfiado. Fiquei na minha. Davi, tu sabe o que a gente faz com traíra? Thiaguinho, brother, isso é armação, eu não faço isso com tu... não faço... papo reto, meu... Porra, Davi, agora digo eu, assume isso logo como macho, cara... tá aí tudo pra gente ver... Porra, a culpa foi minha em te trazer pro negócio, puta que pariu, a gente tem coração mole, e peca pela ingenuidade... Limpa os bolsos dele pra ver o que tem... Brother! Limpa... Não tem carteira de identidade, meu? Sem documento? Ih.. Traíra filho da puta! Socão. Bem machucado. Thiaguinho fala. Tu tá trabalhando pra quem? Ninguém. Isso é... Socão. Fala que é melhor. Tu me conheces. Não me provoca... Mas... Socão. Tá bom, vamos levar logo ele pra festinha. O pessoal está até cansando. Num instante ele vai falar. Carregam para uma sala maior. Em volta, a galera, divertida, bebendo, atirando coisas em alguma coisa. O que é? Uma mulher, nua, pendurada pelos braços. Atiram dardos? Dardos? Agora ele está de frente. A mulher já está desmaiada, sangrando abundantemente. Valzinha. Não! É isso mesmo, moleque... a professorinha é o teu presente... Tu qué ela viva, fala agora... e olha que ela já está mais pra lá do que pra cá... Chefe? Olha o que eu peguei lá fora. Mais um pra fazer a festa completa. Orlando Urubu. Tava olhando pela janela. Então tu é o tal Orlando Urubu, cheio de marra naquele microfone, né? Silêncio. Chute. Socão. É tu e mais quem? Ninguém, seu Thiago, ninguém. Eu vim aqui atrás do meu amigo, fiquei preocupado... Ah, ficou preocupado com a namorada? Quer saber de uma coisa? Pega dois camburões desses vazios aí. Vocês vão virar é comida de peixe, porra! Reza, filho da puta! Reza! Ouve-se o som de megafone. É a Polícia Federal. Saiam com as mãos para cima. O posto está cercado! Dispara contra Davi. Urubu se atira e desvia a bala. Com o tiro, ouvem-se tiros vindo de fora. Urubu sai catando cavaco e se entoca em um buraco. Thiaguinho leva Davi, amarrado, até uma caminhonete. Arranca e fura o cerco. Perseguição. Por telefone, ele aciona um comparsa. Pede um Chevette na esquina da Senador Lemos com a Dom Romualdo. Motor ligado. Rápido. Sujou. Chega no local. Abre a porta. Não. Olha para Davi. Vai matá-lo. Não dá tempo. Davi se defende com os pés. Pontapé na cabeça. Pernas tentando fazer a tesoura. Revólver no ar. Finalmente, ele vai atirar. Outros revólveres surgem na sua cabeça. Acabou. Perdeu. Sai do carro. Dá a arma. Valentão. Socão na cara. Pô, cara, não esculacha... Era a polícia. Davi é socorrido. Doutor Silveira, pensei que não ia dar. Agradece ao Rogério, da PF. Ele chegou no posto, viu a cagada e me ligou. Tu não tinhas dado alarme... A sorte é que estavas com o rastreador... Davi fica nervoso. Porra, e o Urubu? Fica frio. Só hematomas e medo. No primeiro tiro ele se jogou no chão. Vamos pra lá. E a moça? A moça? Sinto muito. Hemorragia. No local, Gil ao lado do corpo de Valzinha. Vem, Urubu. Fala, Urubu! Vai tomar no olho do teu cu! Porra, obrigado, meu. Por que é que tu tinhas de me seguir? Porra, tu não confias mesmo, né? Claro, bom repórter vai atrás da notícia. E agora, doutor? É, vai dar uma cagada aí de jurisdição, vocês deviam ter deixado esses pilantras conosco, a sorte é que sou amigo aí do Silveira. E eles? Bom, tem assassinato, tortura, sequestro, o caralho. O grande problema é que não deu flagrante das drogas. O que você estava atrás, não rolou. E esse filho da puta, o pai vai já conseguir habeas corpus e o caralho. Aí ele fica livre, passa um tempo na fazenda e retorna, lépido e fagueiro. Vamo que vamo.

Saem abraçados, Gil e Urubu. Lá adiante, se separam. Gil grita: Fala, Urubu, ele se volta e congela no vai tomar no cu! Ouve-se, ao fundo, enquanto passam os nomes.

Aqui é Orlando Saraiva, em flash especial, extraordinário, do programa Show do Urubu. Você sabe, aqui na Rádio Clube é cobertura perfeita, banho de audiência. Estamos falando diretamente da esquina da...

RSVP

DOMINGO. SEIS E MEIA, quase sete da manhã. Travessa Nove de Janeiro. Um homem forte, 1,80 m, caminha vagarosamente. Carrega um pacote grande, pesado, embrulhado em saco de trigo. Arfa. Porto do Sal. Uma mulher e um homem procuram alguém. Ela é frágil, 35 anos, talvez. Ele é mais ágil, pouco mais de idade, negro. Um vagabundo de rua cruza com o homem que carrega o fardo. Pensa em ganhar algum. Quer ajuda? Não. A mulher e o homem indagam em uma birosca. Sim, esse mesmo. O homem chega aos fundos de um supermercado, onde há algumas lixeiras. Deposita o pacote com dificuldade. Retorna andando, sem olhar para trás. O homem e a mulher encontram o que buscavam. Gilberto Carvalho, ou melhor, delegado Gil.
— Gil, pronto, estamos aqui. Está bem. Está bem, meu amor. Vem conosco. O Orlando está aqui. Sim, o Orlando, o Urubu. Puxa, também não precisa falar esses palavrões todos. Eu sei, meu bem, eu sei. Você precisa de um bom banho. Vem conosco.

Aqui é Orlando Saraiva, em flash especial, extraordinário, do programa Show do Urubu. Você sabe, aqui na Rádio Clube é cobertura perfeita, banho de audiência. Estamos falando diretamente dos fundos do supermercados Centurião, localizado na travessa Nove de Janeiro, bairro do Souza, onde foi encontrado o corpo de uma jovem que, tudo indica, foi assassinada, embrulhada em sacos de trigo e jogada em uma lixeira, atrás do supermercado. A denúncia foi feita por um catador de lixo que fez a descoberta por volta das sete da manhã. Eu, Orlando Saraiva, conversei com ele, que disse: "Não, senhor, não, senhor, eu não sei de nada. Só encontrei aí o corpo, né, já todo distiorado, sabe? Não vi ninguém, eu não vi, seu Urubu, não vi". A polícia está no local, com o delegado Gilberto Carvalho, que ainda não quis dar nenhuma declaração. Um momento, lá vem ele, e nós, da Clube, como sempre, chegando na frente, vamos perguntar ao delegado... Ainda não há nada a comentar. O IML vai fazer a perícia. Mas, delegado, foi estupro, o que é que foi? Ainda não é possível dizer. Mas ela foi morta em outro local e trazida para cá. Já estamos perguntando por toda a vizinhança se alguém viu. O senhor ali, que descobriu o corpo, não viu ninguém. E também estamos aguardando alguma manifestação da família a respeito de alguém desaparecido. Quando houver alguma coisa, eu aviso. Orlando Saraiva, flash especial do Show do Urubu, que volta a qualquer momento em mais um furo de reportagem.

  É uma casa de dois andares. O homem recolhe aparelhos. Lava uma mesa onde ainda há sangue. Depois, sobe até o segundo andar. Há algumas cadeiras, de tal forma que é possível admirar o que é feito abaixo, sobre a mesa. O rádio estava ligado, no programa de Orlando Urubu. Até agora, nada. Fui atrás de uma fofoca. Uma mulher ouviu outra gritando a noite inteira. A vizinhança confirmou. Fui ver. Porrada entre marido e mulher. E eu perdendo tempo. Também não deu nada. Andei a rua inteira. Era cedo. Todo mundo dormindo. Pois eu tenho. Tô aí com um cara que disse ter encontrado um homem carregando um saco nas costas. Traz aqui. Porra, Vicente, mas tu me traz um mendigo! E isso lá vê coisa com coisa! Vi sim, doutor. Ele vinha carregando um saco pesado. Tava fodido segurando o peso. Ofereci ajuda. De repente safa uma banda, né? Não quis. Segui adiante. Faz um retrato falado? Quê? Vicente, leva ele lá com o Osório. Quanto está o jogo do Leão?

IML. Dois tios da menina fizeram o reconhecimento do corpo. Ela sumiu desde sábado, saiu dizendo que ia passar o final de semana na casa de uma colega. Sabe o nome da colega? Márcia. As duas eram muito unidas. Porra, hoje de manhã a mãe ligou e ela não estava na Márcia. Ouvimos o programa. Puta que pariu. Pode me dar o endereço? Gil? É Vicente. Tô aqui com o retrato falado. Mando pra imprensa? Não. Não? Fica frio. Faz o seguinte. Pede um retrato falado diferente. Como é o cara? Um metro e oitenta, 30 a 35 anos, negro, cabelo ondulado, olhos grandes, rosto fino, magro... Pede pra fazer um diferente, entendeu? Diferente. E manda pra imprensa divulgar. Mas... Pensa, Vicente, pensa. O cara vê e acha que está tudo beleza pra ele, entendeu? Tchau.

Agberto? My friend, e aí, tudo bem? E esse teu time, aquela coisa, aquela merda... Porra, e esse teu Remo, vê se tu podes falar. Porra, Agberto, me diz alguma coisa, assim, preliminar, mesmo, da garota. Olha, Gil, à primeira vista, ela não parece ter tido contato com drogas. O corpo foi lavado depois de ela estar morta. Parece que lutou muito. Há equimoses. Estava nua em posição fetal, no saco. E tem essas frases que tu já viste, feitas com um instrumento cortante, pontudo, por causa do traço fino deixado na pele. Parece coisa de ritual, né? É, mas nem vamos falar ainda disso. Dá pra dizer que ela foi estrangulada, constrição externa do pescoço. Agora vamos ver teste de gravidez, estupro. Vamos ver. Me diz qualquer coisa. Vou lá com a família.

A casa é no Reduto. Dois andares. Vizinhos pela porta. Foi entrando. Boa tarde. Delegado Gilberto Carvalho. Preciso falar com o pai. Ele não é mais da família há muito. Então, a mãe? Sim, delegado, sou eu, Maria Antuza. Meus pêsames. Desculpe vir em um momento ainda tão doloroso, mas nós precisamos trabalhar e descobrir o que houve. Está bem, doutor, vou tentar responder. Faça o possível, dona Maria. Não vou pressionar. Ana Maria era o nome? Tinha quantos anos? Completou quinze há dois meses. Festa tão linda... Namorado? Não. Ia a festas? Era alegre, divertida?

Bem, doutor, ela não tinha namorado. Há alguns meses que foi ficando mais calada, sem dividir os assuntos comigo. Sabe como são os adolescentes. A única coisa que eu sei é que ela gostava dos Paralamas do Sucesso. O conjunto? Sim. O quarto é cheio de pôsteres. Ela tinha celular? Não. Usava o meu, às vezes. Eu resisti muito a dar celular pra ela, sabe? Primeiro porque é caro, depois, sabe como as coisas andam perigosas... (chora) Eu sonhei com a minha filha, doutor, ela estava sangrando, com uma vela nas mãos... Os meus primos disseram que o corpo dela, doutor...Eu sei. Não diga mais nada. A senhora poderia me ceder o seu celular? É para fazer perícia. Se ela também falava nele, alguma pista pode haver. Claro que sim. Ana Maria tinha alguma amiga especial? A senhora sabe, as meninas, nessa idade, contam tudo para as amigas. Sim. É a Márcia. Mora aqui perto. Iam e voltavam do colégio. Viviam juntas, em segredinhos. A menina passou mal. Está sob remédios. Muito obrigado. Amanhã virão peritos examinar o quarto de Ana Maria, procurar alguma pista. Por enquanto, vou levar este celular para examinar, está bem? Delegado... Quando vou poder enterrar minha filha? Creio que nas próximas horas o corpo vai ser liberado, dona Maria. Meus pêsames. Creia, eu sinto muito. Saiu para ir até a casa de Márcia, a amiga de Ana Maria. Mais um jogo do Remo. Vitória difícil, nos últimos minutos. Vai pegar seu carro, um Gol 93, quando toca o celular.

Fala, Urubu. Tu não me conhece, mas eu quero te ajudar. E também ajudar a polícia, tá legal? Vocês estão por fora, perdendo tempo no caso da Ana Maria, a guria que foi assassinada. Sacou? Não foi nada de estupro, meu. Assim é fácil, tranquilo. Mas, então, se tu sabes, diz logo aí, meu, vai lá na polícia, me dá uma exclusiva, porra, vai ficar conhecido, vai ser legal, meu, que tal? Tô fora. Mas estão errados. Vejam as marcas no corpo. As marcas, não viu? Tu ainda não viu o corpo? Ela foi morta por uma seita de ciências ocultas, sociedades pagãs. Presta atenção, porra, presta atenção... Ela foi sacrificada, tá sabendo? Dá uma olhada como ela estava amarrada, em posição fetal, pescoço torcido, completamente lavada, pra retirar as impurezas. Magia negra, meu, magia negra, black magic. Ritual de volta ao útero. Ela era virgem? Sacrifício de virgem. Tem muita gente envolvida. Gente da alta. Gente que pode pagar para assistir e participar desses rituais. Vocês só querem saber da superficialidade. Tem muitos outros casos assim em Belém. Vocês não querem se dedicar, entende? Um homem encontra com uma menina, começo da tarde de sábado, no Largo de Nazaré. Andam um pouco. Entram num táxi. Descem na esquina. Entram em uma casa de dois andares. Fazem amor. Andam pela casa, pelados. Ele mostra uma mesa. Tatuagens. Sim, ela quer. Deita. Ele a prende pelos braços e pés em correias de couro. Tampa-lhe a boca. Ela se contorce. Tocam a campainha. Entra alguém, que vai para o segundo andar.

 Aí, meu, olha, manda isso pra mim por escrito, tá? Olha, tem computador? Dá pra me mandar um e-mail? Olha, manda para... Como é teu nome? Como? Meu nome é Vingador, porra. Clic.
 Gil! Fala, Urubu! Agora não tenho tempo. Me liga depois. Não dá! É sobre o crime da menina. E aí? Um cara me ligou. Falou que tá tudo errado. Que foi magia negra. Que basta olhar as marcas no corpo. Gravaste? Não, né? Tava saindo do campo. O Leão ganhou, mas foi sufoco. Vai ligar novamente? Sei lá. Disse que é o Vingador. Pedi pra mandar e-mail. Boa. Essa alma quer reza. Está começando a ficar interessante. Vamos fazer uma troca? Vamos. Passa lá na seccional que eu te digo o que descobri e tu me mostras esse e-mail.
 A família de Márcia mora em um prédio de três andares, sem elevador. Terceiro andar. Suou para chegar lá. Na porta, o pai, desconfiado. Minha filha não tem nada com isso. Boa noite. Sou o delegado Gilberto Carvalho. Sua filha não tem nada, mesmo. Mas pode ajudar. Era a melhor amiga de Ana Maria. Boa menina, doutor. Um anjo. Viviam juntas. Coisa triste. Esse mundo como anda, doutor. O senhor me desculpe, mas está faltando polícia... Posso conversar com ela? Vamos ver. Alípia! Vem uma senhora devastada

pela dor. Vestida simples. Noite de domingo. Música do Fantástico ao fundo. Doutor, ela está trancada. Não para de chorar. Preciso falar com ela, senhora. Preciso de toda ajuda para prender esse monstro. Um monstro, doutor. Ana Maria era tão linda, não fazia mal a ninguém. Inteligente... Por favor. Venha por aqui. Gilberto entra no quarto em penumbra. Márcia, dá licença... (silêncio) Márcia, estou entrando. Sou o delegado Gilberto Carvalho. (silêncio) Estou investigando o que aconteceu com a Aninha. (choro) Gil vai até a moça e a envolve nos braços. Espera que a respiração volte ao normal. Ela continua abraçada. Cabeça em seu ombro, de tal forma que conversam sem se olhar nos olhos. Você sabia aonde ela ia? Sabia que ela havia mentido? (balança a cabeça, concordando) Eu ajudei a morte dela! (choro) Não, Márcia, nada disso. Mas pode ajudar a encontrar o criminoso. Por que encobriu a mentira? Quer ajudar? (balança a cabeça) Sabe quem é ele? (balança afirmativamente) O nome? Não. O nome não sei. Mas como sabe? É namorado novo? Secreto? Mais ou menos. Como assim? Namorado virtual. Virtual? Da internet. Hum, sei. Mas pode namorar sem se conhecer pessoalmente? Pode. Mas aí eles foram se conhecer... Ah, então foi isso. Foi. Mas como assim? Marcaram encontro. A Aninha te contou tudo? Tudo, não. Nome? Nome, não. Ele tinha um nick. Nick? É, o nome que a gente usa nas comunidades de chat. Chat? Chat. Ah, sim, tudo bem, desculpe se pareço burro em computador. E qual era o nick? Romântico. Assim? É. Romântico. Há quanto tempo eles conversavam em chat? Sei lá, três semanas, sei lá. Onde? Não vi computador na casa da Aninha, nem aqui. Lá no cyber café. Onde? Ali, depois da esquina. Vai toda galera teclar, jogar games e tal. E tem uma hora pra conversar? No final da manhã, quando a gente sai do colégio. Escuta, quer me ajudar a pegar esse cara, ou o cara que fez isso? Sei lá, o Romântico pode nos ajudar, dizer alguma coisa, né? Amanhã não vai ter aula no colégio. Melhor. Posso vir aqui te buscar? Mas vai estar cheio de gente... Não, a gente entra em outro lugar, você procura a comunidade... Tá. Te pego amanhã. Vou dizer a teus pais. Obrigado, Márcia. Você é uma garota linda. Escuta, essa comunidade de bate-papo de vocês costuma ter brincadeiras de magia negra, rituais e tal? Quê? Essas coisas de fazer tatuagem de monstros, frases tipo heavy metal rock... Não. Nunca ouvi falar nisso. Quer dizer, já ouvi, mas foram uns caras mais velhos lá no cyber, mas nada de mais. Tá. Té amanhã. No caminho de volta à delegacia, Gil pensou no que tinha. A menina participa do chat. Um desconhecido a atrai com o nick Romântico. Tira a virgindade e mata. Mas e se Romântico for mais um garoto que nada teve com isso? E se ela foi atraída no caminho para casa por algum gostosão que a enganou, estuprou e matou? E os sinais, as frases macabras? E se as marcas foram feitas com ela ainda viva? Precisava pesquisar essas sociedades satânicas. Investigar o cyber. Gente mais velha sabendo disso? E o celular? Saberia quem estava ligando e de onde. Os investigadores precisavam varrer a rua inteira atrás de pistas. E se o sujeito que a trouxe carregada veio até certo ponto de carro e fez o resto do caminho a pé, apenas para despistar? Foi uma boa mandar divulgar retrato falado errado. O cara precisa pensar que ninguém o reconheceu. Amanhã ia saber com Márcia onde seria esse encontro. Quando chegou, entregou o celular para perícia. Foi até sua sala. Orlando Saraiva o aguardava. Porra. Puta que o pariu. O que foi? Um cara. Falou que está errada a investigação. Que foi ritual de magia negra e os caralhos. Pra procurar marcas no corpo da menina. Como ela estava amarrada, lavada e tal. Puta merda, Gil, isso vai dar uma audiência do caralho. E tu só queres ver sangue, né, Urubu? Urubu é teu cu, porra. E tu, porra, que água foi aquela, não estavas em uma fase mais light? Porra, caído no Porto do Sal, bebendo alcatrão de lata, puta que pariu. Vacilei, porra, vacilei. Sou doente, tu sabes. Tomo a primeira e fodeu. E o que que a Amélia tinha que fazer lá? E eu lá sei? Me ligou, sei lá, ligaram pra ela e me chamou. Que coisa chata isso de ir te catar, porra. Ah, Urubu, eu não pedi. Vai te foder. Obrigado, mas vai te foder. Não gosto de preto, já te disse, não gosto de preto! Obrigado, filho da puta, mais uma vez. E agora, vai me apresentar essa tua nova estagiária, hein? Já estou até de pau duro, só de falar... Tu de pau duro? Pau de cana não levanta, porra. Vai te foder, Urubu. Teu cu, porra.

Aqui é Orlando Saraiva, no Show do Urubu. A polícia acaba de divulgar o retrato falado do assassino de Ana Maria, o homem do saco. Ele tem entre 30 e 35 anos, pele morena escura, cabelo ondulado escuro, olhos graúdos, nariz grande, rosto fino, medindo 1,78 de altura. Ele carregou o saco de trigo em que estava o corpo da adolescente Ana Maria Silva, encontrado na lixeira do supermercado, no Souza, na manhã de domingo. O retrato foi feito com base nas declarações de uma testemunha que encontrou tal homem carregando um saco às costas e até ofereceu ajuda. O retrato, diz a polícia, é 90% correto.

Um homem ouve o programa. Desliga o rádio. Sai de casa. Segue a pé. Entra em uma padaria e pede sanduíche. Toca o celular. Ele não parece animado, mas ao final de alguma argumentação, aceita. Sai. Anda mais um pouco e entra em um cyber café.

Gil e Márcia chegam na praça de alimentação das Lojas Visão. Vão até um hot point, wi-fi. Encontram Cardoso. Gil apresenta. Munido de notebook, entra na internet. Márcia procura a comunidade. Hoje tem pouca gente on-line. Sei lá. Vamos ficar um pouco por aqui... de repente... Ficaram por mais quarenta minutos. Foi Cardoso que notou Romântico. Olha aí... Romântico.

Romântico: Oiê.
Márcia: Blz?
Romântico: Tdb. Kd a Annie?
Márcia: Num sei. Vcs se encontraram?
Romântico: Naum. Ela desmarcou.
Márcia: Ah, foi?
Romântico: Pq?
Márcia: Tá sabendo?
Romântico: Naum.
Márcia: Ela morreu.

Romântico: Q???
Márcia: Assassinada. Lê os jornais.
Romântico: Quem?
Márcia: Ninguém sabe.
Romântico: My God.
Márcia: Vc naum viu ela entaum?
Romântico: Naum.
(Márcia, escreve aí que precisa encontrar com ele para entregar cartas da Aninha pra ele.)
Márcia: Annie deixou comigo cartas pra vc. A gente precisa se encontrar pra eu te dar.
Romântico: Agora vai ser difícil.
Márcia: Pq?
Romântico: Naum posso. Outro dia. Xau.
Esse cara não vai abrir o jogo pra Márcia, Gil. Precisamos pensar em outra saída. Márcia, era este o computador usado pela Aninha, quando vinha aqui? Era. Gil, vamos pedir perícia. Podemos rastrear o computador do Romântico, procurar o IP, ler as conversas anteriores. Como? Perícia, professor.

Aqui fala Orlando Saraiva. O Instituto Médico Legal apresentou o laudo parcial feito no corpo de Ana Maria. Ficam faltando os exames de dosagem alcoólica, de tóxico e de análise de esperma. Com a palavra o dr. Frederico Maués, do IML: "Senhores ouvintes do Show do Urubu, a causa da morte da estudante foi asfixia mecânica com constrição externa do pescoço. Durante a necrópsia, os médicos legistas constataram que mesmo antes de se encontrar com o assassino, Ana Maria já não era mais virgem. Também não houve estupro. Mas a vítima lutou pela vida, já que seu corpo tem sinais de luta corporal. Também foram encontradas marcas de tatuagem na forma de frases que parecem ter sido feitas na noite do crime. É o que podemos dizer no momento". Um momento, doutor, por favor, que frases? Que sinais? "É tudo o que estou autorizado a dizer. Com licença". Mas faltou dizer a que horas Ana Maria foi morta. "Ah, sim. Pelas condições do corpo, há umas *dezoito horas, pelo menos, o que dificultou o exame de existência de espermatozoide no ânus e vagina".* A que devo tão bela visita, quer dizer, com exceção desse preto horroroso? Gil, já sabes a resposta. Me conta que eu te conto. Entrei na internet, comunidade de chat, juntamente com a melhor amiga da Aninha. Lá estava o namorado virtual dela, nick Romântico. Nick? É apelido, seu Orlando. Tentamos fazer com que ele se mostrasse e nada. Saiu fora. Estou pensando em como atraí-lo. Tem por lá, também, umas comunidades tipo barra pesada, rituais satânicos e tal, sabe? A mãe me disse que a menina era calada, calma, inteligente. Só essa tal de Márcia sabia do encontro. E tu? Olha aqui esse e-mail. *Vocês estão por fora. Vou dar umas pistas deixadas pelos assassinos. Rosa branca: a moça foi enrolada em sacos de trigo da fábrica Rosa Branca. Rosa branca, em inglês, é white rose. As iniciais são WR (Wenner Ranoutg), do mentor da sociedade satânica Dream Island, de Brasília. A cada ano, aumenta o número de sócios, principalmente entre políticos. Para aceitação do novo afiliado, são feitos sacrifícios, incubus children, entregando uma virgem. Já dei a pista.* Porra, quer dizer, desculpe, Tatiana, mas isso é muito doido. Gil, tu falaste em rituais, sociedades, nesse cyber? Não no cyber, mas a partir dele, na internet. Será que vale a pena ir atrás disso? Parece tão maluco. Conheço um cara que mexe com isso, quer dizer, é estudioso. Vamos falar com ele.

Cidade Velha. Casa antiga. Biblioteca. Livros. Carlos Bates é estudioso de religião e mitologia. Gil, se for isso que tu estás mostrando, não acredito. É um monte de babaquice pra confundir e assustar. Misturou verdades e mentiras. Deve ter recolhido coisas daqui e dali pela internet. Esse negócio de ritual com sacrifício humano é bobagem. Havia com remoção de órgãos internos da vítima, mas isso não foi, né? Doutor Bates, o senhor sabe de alguma sociedade dessas na internet? Não. Pra falar a verdade, nem entro na internet. Meu mundo é o dos livros.

Gil saiu de lá direto para o cyber café próximo à casa de Márcia. Gostou de encontrar habitués. Perguntou aqui e ali. Mostraram algumas comunidades. Teve a impressão de ser brincadeira. Em uma, havia a palavra vingador. Lembrou do email do Urubu. O endereço era na Cidade Velha. Cidade Velha? Hum. Só entra com senha. Qual é? Não sei. Qual é, caralho? Sim. Era uma garagem alta. Galpão. Rua vazia. Silêncio. Portinha. Bateu. Uma senhora, tipo avó. Disse a palavra. Os meninos estão lá atrás. Meninos? Foi. Que merda. Estavam fumando maconha, com pôsteres do Kiss, Metallica, Megadeth, demônios, tudo coisa de garoto. Melhor se concentrar no que pode aparecer nas perícias.

Aqui é Orlando Saraiva, em mais um furo sobre a morte da adolescente Ana Maria. Este repórter vem recebendo e-mails de alguém que se intitula "Vingador", informando que o crime foi feito por alguém que frequenta seitas de ciências ocultas. Para isso, pede para as autoridades observarem as marcas no corpo. Disse que ela foi morta por uma seita de ciências ocultas, sociedades pagãs. Foi sacrificada, e basta ver como ela estava amarrada, em posição fetal, pescoço torcido, completamente lavada, para retirar as impurezas. Magia negra, ritual de volta ao útero. Sacrifício de virgem. Tem muita gente envolvida. Gente da alta. Gente que pode pagar para assistir e participar desses rituais. Esse foi o primeiro e-mail. Depois, recebi outro dizendo que a moça foi enrolada em sacos de trigo da fábrica Rosa Branca. Rosa branca, em inglês, é white rose. As iniciais são WR (Wenner Ranoutg), do mentor da sociedade satânica Dream Island, de Brasília. A cada ano, aumenta o número de sócios, principalmente entre políticos. Para aceitação do novo afiliado, são feitos sacrifícios, incubus children, entregando uma virgem. Estou passando como recebi. A polícia já tinha sido informada e está investigando. Tentamos uma exclusiva com o delegado Carvalho, mas não conseguimos.

Porra, Urubu, caralho, então tu jogas merda no ventilador, e agora já viste. Todo mundo ligando, todo mundo inventando pistas e nada de importante acontecendo. Muito bom. Enquanto isso o cara está bem na foto, tranquilo. Fiz o que tinha de fazer. Vou amanhã atrás de tatuadores. Tchau. Nem uma gravação pro programa de amanhã? Não. Te fode. Posso te acompanhar amanhã? Não. Só se tu mandares a tua estagiária. Te foder! Não é pro teu bico, porra. Nem pro teu. Não vou, mesmo. Tu sabes que não misturo. Depois, a Eduína já tem raiva só de saber... Agora, deixa a Amélia saber desse teu interesse. Não faz nada. Amélia é ex, sabe o que é ex? O problema é que ela não desencarna, sabes? Vive atrás de mim. Levanta as mãos pro céu, porque ela te salva quando a casa vem abaixo. Tá, tá bom. Tchau.

 Liga o celular. Fala com Tatiana. Marca de encontrar à noite. Roxy Bar. Agora me diz o que é que você está fazendo estagiando no programa do Orlando Urubu? Quer lugar melhor para aprender? Curso jornalismo, gosto de rádio, o Orlando é o melhor, não é? Tá. É o melhor. A gente briga, mas é amigo. Ele é honesto. Não preciso dizer mais nada. E você? Bacharel em direito, em vez de ganhar dinheiro na advocacia, vem investigar crimes. Eu gosto. Me sinto bem. Quer dizer, há momentos em que só penso em desistir, mas no geral, gosto. E isso não me impede de gostar de boa música, livros, boa companhia... Pois é. O Orlando é muito fechado. Não se diverte. Hora livre está com Eduína. E essa coisa da atividade dela não ser exatamente legal, né? Ele me diz que é a atividade dela e ele gosta da mulher. Pronto. É. Chama o Joel. O que você vai querer? Ah, Cláudia Cardinale, está bem. Joel, para mim, o de sempre, Marlon Brando. Ao final da noite, ele a convida para conhecer seu apartamento. Ela diz não. Outro dia. Tá. Então, um beijinho. De amigo. Não. Na hora, vira beijo na boca. Rapidinho. Tchau. Ficou no carro, pensando em Tatiana. Ih, imagina se o Urubu sabe disso...

 Fala, Gil. O estúdio é Dako Tattoo. Fica no segundo andar de uma lojinha, na João Alfredo. Dako está sentado, atento, trabalhando na virilha de uma morena gostosa. Ela olha o intruso e já se ajeita para qualquer lance. Gil não dispensa a olhada, mas está a serviço. Preciso de uma ajuda tua. Pode dizer. É sobre esse crime da garota que foi encontrada na lixeira e tal. Ah, essa que o Urubu anda dizendo que tem seita de demônio, essas coisas. Isso. E é verdade? Tenho as fotos. Trouxe pra tu veres. O que é isso, cara! Pois é. Uns sinais. Umas frases. O cara tem uma boa caligrafia, né? Olha essa aqui. Isso não se faz. Uma menina. Pode ter sido um colega teu? Bem, pode ser qualquer um, mas esses desenhos, pra mim, não querem dizer nada. Isso não é tatuagem, tu sabes. Foram cortes com algo pontudo, direto, sulcando a pele. Como um buril, um estoque, sei lá. Não, isso não tem nada a ver com tatuagem. E parece inventado. Não quer dizer nada. Gosto de estudar esses símbolos. Se quiser, manda tua galera investigar. Nunca se sabe, mas isso não tem nada com tatuagem. Por falar nisso, mostra aí a tua. Gil levanta a bainha da calça e mostra a águia. Quer dar um realce? Tá precisando. Outro dia. Valeu. Uma última conferida na morena e vai.

 O homem está debruçado sobre a moça, deitada de braços e pernas abertos sobre a mesa. Com um buril, faz profundos sulcos. Testa desenhos. Escreve frases desconexas. Escreve pouco abaixo da axila direita "RSVP". Olha para cima, procurando cumplicidade. O homem que assiste sorri. Parece masturbar-se.

 Urubu? Teu cu! Não, sem sacanagem. Preciso do teu celular. Não foi nele que tu recebeste primeiro a ligação daquele cara, o dos rituais satânicos? Foi. Ainda está lá no histórico de chamadas o número. Me dá. É pra checar uma coisa. Olha só. Vicente e Osório. Tão vendo? Este telefone é o mesmo. Na Nove de Janeiro. Orelhão. Está esquentando, porra. E tem mais esse aqui, que é lá perto, na Catorze. Assim fica mais fácil. Quero também descobrir a lan house, cyber café, qualquer porra que fica ali perto. Descobre, liga pro Beto e pede pra investigar o IP das máquinas. Sacaram? Já. Vamos, porra, não tem o dia inteiro, caralho. E tu, Urubu, (teu cu!) chegou a hora de fica calado. Vai te foder. Por falar nisso, cadê aquela coisa linda que trabalha contigo? Vai te foder. Então tu achas que agora eu vou trazer pra tu ficares olhando.

Essa é boa. Não, sério, ela saca de computador, internet, essas manhas? Saca. Então vou te deixar brincar. Vamos fazer o Vingador botar as garras de fora. Tat, entra nessa comunidade aqui, ó. Bota um nome, assim, inocente, mas tipo querendo, sabe? Que tal Bonitinha. Porra, Urubu, vai ter imaginação assim. E tu já sabes a resposta, né? Parem os dois. Caraca! Vou colocar Tat quase quinze. Põe. Ih, hoje tá cheio de gente. Olha aí! Olha aí! O filho da puta! Tu não disseste que era Vingador? Não, mas aqui é Romântico. Esse cara se encontrou ou ia se encontrar com a Ana Maria. Espera. Não faz nada. Deixa ver se ele se interessa. Tu fazes o perfil.
Romântico: Eae? Blz?
Tat quase quinze: Blz.
Romântico: Quase quinze...
Tat quase quinze: Em duas semanas, quinzola.
Romântico: Blz. Vai me convidar pra festa?
Tat quase quinze: Demorou. Quem é vc?
Romântico: Um cara romântico.
Tat quase quinze: Blz. Sou a Tat.
Romântico: Estuda onde?
Tat quase quinze: Não moro em Belém.
Romântico: Não?
Tat quase quinze: Sou de SP. Moro com meu pai. Vim passar o quinzola com a mãe.
Romântico: Blz. Vai ter festa?
Tat quase quinze: Só um jantar. Conheço pouca gente.
Romântico: Pode me conhecer.
Tat quase quinze: Demorou.
Romântico: A gente podia marcar.
Tat quase quinze: Blz.
Romântico: Pode ser, tipo...
Tat quase quinze: Sábado é perfeito. Mas tem que ser de dia. De noite tem bronca.
Romântico: Blz. De dia. A gente pega um cinema.

Tat quase quinze: Posso te responder amanhã? Preciso planejar.
Romântico: Blz. Aki, mesmo horário?
Tat quase quinze: Combinado.
Romântico: Bjs, quase quinze...
Tat quase quinze: Quase, Romântico.
Porra, isso vai ser um furo do caralho. Ia ser. Ia? Não vai divulgar nada, né? Porra, Urubu, te chamo pra participar. Te ponho na onda, na frente de todo mundo, e tu me vem com furo do caralho? Tu já tem exclusiva, porra! Tatiana, desculpa aí, mas é que... Faz o seguinte. Amanhã, a gente, quer dizer, porra, será que o Vicente e o Osório vão dar conta? Vou pedir mais pessoal. Preciso desses telefones e do IP dessa máquina pra confirmar isso. Apóstolo? Sou eu. Olha só, tem uma nova situação aí, entende? Nova situação. Tu é doido? Uma em cima da outra? Nem fodendo. Apóstolo, isso tem que ser bem preparado. É uma a cada seis meses e olhe lá. Não dá pra ser assim, todo dia. É arriscado. É uma nova situação perfeita. Tem tudo pra dar certo. A situação nem é daqui. Está passando uns dias, entende? Isso é raro. Quer aproveitar? Muito arriscado, Apóstolo. Não me tenta, por favor. Pode ser uma cilada. Tu anda muito vacilão, querendo aparecer. Qualé? Fica frio. Não viu o retrato falado? Completamente diferente. Fica frio. Se eu acertar, te ligo. Se não quiser, não vem. Tchau.

Aqui é Orlando Saraiva, ainda investigando o caso de Ana Maria, a adolescente assassinada no domingo passado, encontrada envolvida em sacos de trigo em uma lixeira do Supermercado Centurião, ali na Nove de Janeiro. Fala o dr. Álvaro Rodrigues, presidente da OAB Pará: "Sem dúvida, senhoras e senhores, o assunto é preocupante para a sociedade, com a participaçao da internet. Estamos preocupados com a exposição de crianças e adolescentes a esse tipo de situação. Precisamos discutir a sério até que ponto podemos pressionar as autoridades para uma resposta rápida...". Quem também falou ao programa do Urubu foi a dra. Célia Artugo, psicóloga: "As meninas que se envolvem amorosamente através da internet têm por característica ser

aparentemente tímidas, introvertidas, desenvolvendo leve depressão. Não costumam participar de reuniões públicas, preferindo a comunidade virtual. São vítimas de criminosos que mentem sobre a idade, nome, para as atraírem...".
Romântico: Eae? Blz?
Tat quase quinze: Tudo.
Romântico: De pé?
Tat quase quinze: O q?
Romântico: O encontro.
Tat quase quinze: Sim. Dou um jeito. Q hs?
Romântico: 5?
Tat quase quinze: Onde?
Romântico: Sabe a Basílica?
Tat quase quinze: Sei.
Romântico: Sabe a av. Nazaré?
Tat quase quinze: Sei.
Romântico: Sabe a Vila Leopoldina, que dá na frente, quase da Basílica?
Tat quase quinze: Sei.
Romântico: Sabe aquele bar que tem lá?
Tat quase quinze: Acho que sei.
Romântico: Tem alguma blusa vermelha?
Tat quase quinze: Acho que sim.
Romântico: Tem ou não tem?
Tat quase quinze: Tá bom, tenho.
Romântico: Vai de camisa vermelha.
Tat quase quinze: Tá.
Romântico: Lá, então. 5.
Tat quase quinze: Xau.
  Isso vai dar merda. Está fedendo. Tatiana, não foi pra isso que tu vieste trabalhar comigo. Teu pai vai me matar se acontecer alguma coisa. Gil, isso é invenção tua. Deixa comigo. A Tatiana vai na boa, né? Vou. Vou na boa. Também quero pegar o filho da puta. Não te preocupa. Nós vamos estar lá. Vamos pegar

o filho da puta. No escritório do delegado geral. Porra, Gil, estou sendo pressionado. Nada ainda, da morte da garota? Estamos recolhendo pistas. Só recolhendo? Não. Tenho alguns indícios. Penso que nas próximas 48 horas tudo seja resolvido. Mas não posso adiantar mais nada. Eu posso ajudar. Chamo o Lima e ele leva os homens dele. Não precisa botar o Lima. Deixa comigo e minha turma. Então me resolve isso. A galera está cobrando. Apóstolo? Tá marcado. Vai encarar ou não? Tô fora. Muita espuma. Tu estás ficando muito exibido. Cuidado com cilada. Deixa comigo. Já pensei nisso. Tenho um plano. Não quer, mesmo? Tô fora. Vai perder essa...
Sábado. Quinze para as cinco da tarde. Bar do Minho. Esquina da avenida Nazaré com Vila Leopoldina. Vicente e Osório. Gil. Orlando. Tatiana de camisa vermelha. Está tudo calmo. Não. Da Basílica, saem fiéis. É uma procissão. Vem na direção contrária ao trânsito da avenida Nazaré. Muita gente. Ocupam todos os espaços. Quase entram no Bar do Minho. Fica difícil vigiar. Entoam hinos religiosos. Há uma explosão. Tiros. A multidão se agita. Se joga no chão. Se empurra. Corre. Tatiana não está. É levada aos trancos. Entram na galeria do Ópera, cinema de filmes de sexo. De lá para uma garagem. Seu pescoço é torcido. Colocada na mala. O carro sai pela avenida Generalíssimo Deodoro. Vicente, Osório, Urubu, Gil correm, atarantados. Sai perguntando, porra, mulher de camisa vermelha, sei lá. Vai lá pra esquina da Generalíssimo. Fica aqui na Vila. Vai lá, caralho. Osório, na outra esquina! Fugiu. Puta que pariu. Porra, o cara detonou esses fogos daqui da marquise. Por controle remoto. Ele estava conosco o tempo todo. Tô fodido. Meu Deus! Se ligo pro delegado geral e ele sabe que meti a menina no fogo... E o pai dela, sacana! Eu disse que ia dar merda. Eu disse!

Aqui é Orlando Saraiva, mas, desta vez, prezados ouvintes, com uma notícia absolutamente terrível. Foi encontrado o corpo da estagiária deste programa, Tatiana, assassinada, com o pescoço quebrado, no motel Lovely, pelo mesmo assassino da adolescente Ana

Maria, semana passada. O pior, senhores ouvintes, é que este repórter sabia que isso podia acontecer. Sabia, falou, mas Tatiana preferiu correr o risco. O criminoso foi atraído para um encontro, através de Tatiana, pela internet. No local combinado, estava o delegado Gil e sua equipe, mas o bandido, usando de fogos de artifício que assustaram fiéis que saíam em procissão da Basílica de Nazaré, no mesmo horário, escapou com Tatiana.
Porra, Gil, o carro que veio era um Palio, alugado. Vamos lá na locadora, agora. O cara saiu de manhã cedo e deixou pago até as nove horas. Disse que a moça ainda ia dormir mais. Depois do horário, bateram na porta e acharam o corpo. A descrição bate. Puta que o pariu. Gil olha o corpo de Tatiana, nu, cheio de inscrições. O filho da puta ainda tem a letra bonita. De repente, vê escrito "RSVP". Pega nos dedos de suas mãos. Ela lutou. Unhas quebradas. Deve tê-lo arranhado. Gil? É o delega geral no telefone. Gil? Tás fora. Dá um tempo. Te fodeste. Eu avisei. Tá o maior escândalo. Até governador me ligou. Tu não me disseste nada disso. Botar uma garota, estagiária de jornalismo, de família conhecida, pra ser assassinada, só pode ser coisa de porre, seu filho da puta. Tu queres me foder? Queres? Estavas de cara cheia? Estás fora. Depois eu mando te despedir, mas agora estás fora. Sai. Estou mandando o Lima e a turma dele. Sai fora. Fora! Gil está em seu quarto, no hotel. Sentado, cabisbaixo. Chora. Lembra de Tatiana. Olha a garrafa de Black. Abre. Toma quase todo seu conteúdo, de uma vez, e cai na cama. Orlando está com Eduína. Revisa as pistas que haviam sido coletadas. Olha o retrato falado. Eduína pergunta quem é. Urubu explica que se trata do verdadeiro retrato. Então deixa eu mostrar pras meninas. Sabe lá. Elas lidam com muitos homens. Orlando dá de ombros. Gil fica lembrando de Tatiana. Lembrando das frases escritas. Bela caligrafia. RSVP. Calígrafo! Sim. E se for um calígrafo, essas pessoas que têm boa letra e escrevem convites de casamento? Trôpego, chega à mesa onde pega um convite recebido. Olha a letra. Do mesmo tipo. Vai para o banheiro e toma uma ducha. Liga para Vicente e

Osório. Liga para Amélia. Preciso de ajuda. Sabe aquela tua amiga, que trabalha no cerimonial da prefeitura? Liga pra ela. Diz que tem uma sobrinha que vai fazer quinze anos e precisa mandar escrever convites. Queres saber quem são os melhores calígrafos. Calígrafos, eu disse, os caras com letra bonita, que escrevem os convites. Pois é. Todos. Nome, endereço, se tiver RG, CPF. Tá, o que der. Amélia, é caso de vida ou morte. Tô bem. Vou ficar melhor se resolver isso. Fica tranquila. Estou bem. Beijos. Chefe, o IP da máquina. Fica num cyber ali da Gentil. Mostramos o retrato. O cara vai lá, mas ninguém sabe o nome dele ou onde mora. Mas está claro que é próximo. Só isso? Não. Agora é que vai melhorar. A perícia dos telefones. Mas como conseguiram se é o Lima que... Na amizade. Na boa. Sabe como é. Uma mão lava a outra. Ligação de celular, tudo pré-pago, mas tcham tcham tcham, dois orelhões da Nove de Janeiro. Quarteirão do Centurião? Não, também assim já é demais. Mas são quatro quadras antes. Dois orelhões.

Aqui é Orlando Saraiva, em mais um furo de audiência. São agora duas as vítimas do Vingador Romântico, o matador da estudante Ana Maria e da estagiária daqui do programa, Tatiana Vasques. A polícia continua investigando várias pistas. O delegado Gil foi afastado. Outro delegado será nomeado. Estaremos atentos a tudo.

Amélia entrega a Gil os endereços e nomes. A Juscelina me devia favores. Olha aí. São endereços atualizados. Só me pediu para ninguém saber que foi ela quem deu os endereços. Obrigado, querida. Gil, estás precisando de alguma coisa? Tomaste teu remédio? Tens evitado, tu sabes... Tenho, querida, mas eu preciso agora trabalhar. Como te disse, é vida ou morte. É sobre essa moça estagiária, que foi morta? É. Tu conheceste ela? Sim, mas eu sei onde esse papo vai dar, viste? Por favor. Me deixa trabalhar. Tá bom. Obrigado. Tchau. Alô, doutor Getúlio, é o delegado Gil. Por favor, me escute. Preciso voltar ao caso e um mandado de busca e apreensão. Pelo seguinte. Alô, Agberto, mano, desculpa, é caso de vida ou morte. Tens ainda aí no computador as fotos do corpo da menina que foi estuprada e toda marcada? Porra, passamos batido, verifica pra mim se tem algo como "RSVP". Sim, como nos convites. "RSVP". Tá. Era só isso. Segunda-feira, seis da manhã. Joseleno Matos recebe um telefonema. Acorda, zonzo. Rápido, junta algumas coisas e sai de casa. Pega um Clio. Sai em velocidade. Policiais, distantes uns cem metros, despertam assustados e também seguem. Na esquina da Senador Lemos com a passagem Santa Catarina, Joseleno não consegue evitar e atropela um homem que atravessa, correndo. O homem rola pelo chão. Mas fica na frente do carro. Joseleno vai socorrer. Ele sangra. Ao se inclinar, percebe o revólver apontado. Rápido, filho da puta. Vai pro carro. Vamos. Rasga, rasga logo daqui. Atônito, Joseleno engata a primeira, enquanto o vidro lateral estilhaça com uma bala. Rasga, caralho, rasga. Eles saem. Pássaro Preto resmunga. Cospe. Costume. Guarda o revólver. Chama um táxi. Vê carros da polícia passando. Pede para o motorista segui-los. Não. Polícia é lesa. Segue aquele Clio. Aquele, porra. Chubby, tá com a visão do Clio? Tô. Mas tem duas pessoas no carro. Duas? Onde foi que... Não sei. E olha, a janela do lado estilhaçou com um tiro. Caralho, não é pra atirar. Vai dar merda! Ninguém atirou. Vai ver, já estava assim. Negativo. O carro estava inteiraço. Joseleno está com o coração para explodir. Ao lado, ofegante, seu passageiro vai informando. Entram em ruelas. Valas. Pontes. Barracos. Tá bom. Para. Me deixa aqui. Estende o revólver para atirar. Joseleno responde, no susto. Não me mata. A polícia também está atrás de mim. Eu posso conseguir nos livrar. Vem comigo, porra. Entraram em um barraco. Saíram pelo quintal. Pularam mais dois. Ficaram em um cubículo. Ofegante. Que é que tu vai fazer? Vou telefonar pra tirar a gente daqui, na boa. Quero é vê. Cara, se não tirarem, vai ter muita gente graúda fodida. Quero é vê. Como quem? Ex-governador. Quero é vê. Ouve aí. A casa caiu. A polícia está atrás de mim. Não tenho pra onde. Puta, cara, não te ligaria se não fosse importante. Doutor Vlamir, resolve essa. Aqui na Sacramenta. Qual é o nome da rua? O nome da rua, porra. Passagem Santa Caterina. Catarina, porra. Passagem Santa Catarina. Rápido. O senhor sabe que eu posso revelar toda a brincadeira. Não, claro que não. Era só pra lembrar. Por favor. Rápido. Cerca o muquifo. Eles estão mocozados. Isso aqui é território do Uga Uga. Puta que pariu. O Uga Uga é foda. Vamos resolver antes que ele venha pedir dinheiro pra gente entrar aqui. Porra, ainda tem o Cícero atrás dele, puta que pariu, vai dar merda. Junta gente nas redondezas. O clima é hostil para a polícia. São todos amigos de um dos dois, escondidos. Em uma taberna, Pássaro Preto pede um refrigerante Garoto. Assiste.

Vlamir telefona. Bentino? Tudo bem? Como é que está o mais competente secretário de segurança que o Pará já teve? Tudo bem, meu caboco? Preciso de você. Jogo rápido. A casa caiu pro Joseleno. Sim, o daqueles shows particulares. Você lembra, meu caboco? Claro. Muito bom. A casa caiu. A polícia está cercando ele ali na Sacramenta. Na passagem Santa Catarina. Me telefonou. Precisamos eliminá-lo, não é? Eu sei, eu sei. Você tinha razão. Mas você sabe que eu tenho um coração de manteiga... Agora quero. Tem de ser agora, antes que esse curió passe a cantar, está bem? Bentino, meus respeitos à patroa e às crianças. Grande abraço. Me confirme quando acabar, OK? Fala, Carlos Alberto. Tem um serviço. Do esquema. Logo. Agora. Na Sacramenta, tua área. Passagem Santa Catarina. O cara está cercado. Tem de queimar esse arquivo. Direto. Não deixa tempo de abrir a boca. Quebra essa? O mesmo preço de sempre. Vai. Me avisa. O nome é Joseleno. Bora, caralho. Tem gente na nossa área, lá na Santa Catarina. Vamo dá de frente. Souza, Maolino, Tereso... bora, caralho.

Acho que é melhor te matar e dizer que tu entrou na minha casa e eu detonei. Eles te viram no carro. E os tiros? Não eram pra mim. Tu vinhas fugindo de quem? Um filho da puta aí, acho que é polícia também. Sabe de uma coisa? A polícia que está atrás de ti me protege... Porra, talvez eu possa vazar por baixo e te deixo aqui com a confusão. Fica frio. Os home já mandaram ajuda. A gente sai dessa. Carlos Alberto Tripa chega. Fala, Gil. O que é que está pegando? Porra, nós fizemos casinha pra pegar um assassino de garotas. Avisaram, o cara saiu de carro, no caminho pegou um carona e agora está ali, num daqueles três barracos. Como é o nome do cara? Joseleno. Está armado? Não, mas o outro está. Tu és dessa área. Quem pode ser? Só se for o Uga Uga. Traficante. Dono daquele motel ali, tá vendo? Lá, mais na frente. Os aviões dele são todos trombadinhas, crianças. Filho da puta. Ah, filho da puta, ele vai me pagar com juros e correção monetária. Porra, Tripa, não vem aí com teus negócios. Eu quero o meu cara vivo, sem ferimento, correto? Copiou? Tudo certo, chefia. Mas não vem também cantar de galo no terreiro dos outros. Os meus homens podem ouvir e não gostar. Fica na tua. O trabalho é na minha área, copiou? Vou dar as ordens. Ao longe, Pássaro Preto.

Era essa a tua ajuda? Quem chegou? Mais polícia. E um filho de uma puta no comando. Filho da puta. Me dá esse caralho de celular. Alô? Seu Borges, por favor. Seu Borges, é o Uga Uga. Todo mundo atrás de mim. Eu sempre fui correto. O senhor sabe que as minhas coisas são tudo bacana. Seu Borges, não me deixe. Seu Borges... Filho da puta. Mas eu não vou me entregar. Tu resolve tua vida porque eu vou correr atrás da minha. Tem mais uma arma? Eu também vou resolver. Arma pra ti? Tem não. Eu vou sair. Vamos ver o que vai acontecer.

Chega Orlando Urubu. Era só o que faltava. Urubu na área! Urubu é o teu cu! Eles estão malocados ali? Já sabes quem é o outro? O Uga Uga, trafica aqui da Sacrabala. Ih, caralho, o Tripa está na jogada? Agora me deu medo... O Tripa é foda. Vou dar uma extra daqui, tá bom? Tá, mas não atrapalha, não entrevista ninguém.

Aqui é Orlando Saraiva, em mais um furo de audiência. A polícia está cercando o homem que se intitulou Vingador, ou Romântico, aqui na Sacramenta. O nome dele é Joseleno de Aguiar Matos, e tem por profissão ser calígrafo, essas pessoas que têm letra bonita e escrevem os convites para solenidades. Ele ia ser preso em sua casa, mas fugiu antes. No caminho, encontrou o traficante Uga Uga, também procurado por vários crimes. Os dois estão escondidos em um conjunto de barracos, na passagem Santa Catarina. Os moradores das redondezas estão protestando contra a polícia. Ainda não se sabe o que une Joseleno, o Vingador e Uga Uga, o traficante. Voltaremos a qualquer instante com mais notícias. Falou Orlando Saraiva.

Parada dada

DOMINGO, QUASE SETE DA MANHÃ. Garçons e atendentes saem com rosto cansado da Living Room, uma boate na linha do momento, o tal "lounge". A turma da limpeza começa a trabalhar. A porta aberta deixa o sol devassar o ambiente noturno. Cinco homens de preto entram abruptamente. Um vai para a porta dos fundos. Os outros nas laterais. Dois sobem para o escritório. Nem todos os faxineiros notam. Perdeu. Perdeu. Mendonça fazia o caixa com o gerente. No susto. A escopeta fez um buraco no peito. Espalhou notas de real. Porra, Neto, não era... Cala a boca. Passa pra cá. Vamos, enche a sacola. Rápido, caralho senão leva bala! Me bate, me bate, porra! Tem de me bater! Em menos de cinco minutos, saem. Em seguida, entram os seguranças do Zeppelin. Porra, aqui não tem segurança? Mataram o Mendonça. Foram por onde? Desceram a Oswaldo Cruz na contramão. Um Fusion preto e outro menor, acho que um Uno, vermelho. Vão lá pra Pedro Álvares Cabral. Vamos. Ferro, Rambo, Fera e Magic Johnson. Fizeram história na segurança do Zeppelin Club. Enormes, fortes, paletó e gravata. Jeito de lidar com riquinhos metidos a merda, bêbados desafiadores, mulheres encaralhadas, drogados que fazem discurso. A fama vai longe. A chefia é de Rambo. Eles botam quente no Idea. Cortam caminho pela Jerônimo Pimentel. O negócio é o Fusion. Agora, a essa hora, com pressa, são eles. Quando cruzaram a Perpétuo Socorro, o Fusion pintou na tela.

Acelera, caralho! Cortaram para o Telégrafo. A rua estreitou. Um ônibus parado no sinal. Vão chegando. Eles tentam manobrar. O carro cai no valão. São cinco vazando. Tiros. Gritos. Agora eles tomam um carro que chega no sinal. São quatro. Um caiu. Ferro olha para os lados. Encontra Magic Johnson. Vamos! Eles pegaram o Rambo e o Fera! Puta que pariu! Cícero, acorda, porra. Assalto naquela boate Living Room, ali na Praça da República. Vamos! Tu és o gerente? Sou. Quantos? Não sei, uns quatro, cinco. Entraram dando tiro e me bateram. O Mendonça nem ia... Eram cinco, doutor. Não te perguntei. Quem és tu? Sou porteiro. Vi quando saíram. Porteiro de merda. E não viste quando entraram? Era cedo, estava fechada, gente limpando, fui dar uma mijada. Os seguranças da Zeppelin foram atrás. A galera do Rambo? Foi. Toca o celular. Onde? Já vou. Ninguém sai daqui. Eu volto. Cícero, liga pedindo reforço pra cá e pra se encontrar conosco ali no Telégrafo. Mataram dois dos seguranças. Encontraram o time do delegado Edgar Mantos. Fala, Gil. Porra, vamos misturar assuntos. Por quê? Nós estamos seguindo esses sacanas desde Nova Timboteua. A quadrilha? É. Eles são de Goiás. A barra pesou por lá e vieram bater aqui. O que eu não entendo é que a especialidade é assaltar bancos e não boate de grã-fino. Chama muita atenção. Porra, eles mataram o Rambo, cara! Das antigas. Companheirão. Estivemos juntos em muitas farras. Porradal geral, meu. O outro é o Fera, mas desse não sei muito. Eles saíram do Zeppelin. Alguém ligou avisando. Vieram atrás. Levaram a pior no tiroteio. Tem um ali, deles, que também já partiu. Puta que pariu, lá vem aquele teu amigo. Meu amigo? Fala, Urubu! Vai tomar no olho do teu cu!

Aqui é Orlando Saraiva, em mais um flash do Show do Urubu. Assalto com mortes agita a manhã de domingo. Uma quadrilha assaltou a boate Living Room há poucas horas atrás. Os bandidos fugiram e foram perseguidos por seguranças particulares de outra boate, a Zeppelin. Houve tiroteio com mortes. Morreu um dos assaltantes, ainda não identificado, e também foram abatidos dois seguranças, Maurício Souza, o Fera, 32 anos e Valdocyr Silva, o Rambo, 53 anos, figura muito conhecida na cidade. O delegado Gilberto Carvalho já está no local e vai iniciar as investigações para prender a quadrilha. É o Show do Urubu, patrocínio Pará Importados! De volta à Living Room. Cenas de desespero. A família do Mendonça, um dos sócios. O outro, viajando, na Espanha, procura um jeito de voltar. A Polícia Técnica procura digitais, qualquer marca deixada para trás. Outros policiais ouvem os trabalhadores. Tem imagens das câmeras? Não. Mas como? Estavam desligadas. Já era de manhã cedo, não tinha mais cliente. Porra, vocês são flórida. Felipe D'Ângelo é seu nome? É sim. O senhor é gerente há quanto tempo? Desde que abriu, comecinho do ano passado. Eu já trabalhava na Zeppelin. Dos mesmos donos. Sei que o senhor já disse para outros colegas, mas conte de novo, para mim, como aconteceu. Foi uma noite de sábado como as outras, o senhor sabe. Sei? Brincadeira. Aqui só dá barão. Passam a noite bebendo, dançando e até se drogando. Quando não dá bandeira a gente releva. Mas às vezes tem gente trepando no banheiro, cheirando na tampa das privadas. Aí os seguranças não permitem. E os seguranças, seu Felipe? Doutor, os seguranças são pra isso. A gente nunca imaginou um assalto. Era manhã, dia claro. Eu e o dr. Mendonça contávamos o dinheiro. E quanto é a média. Depende. Tem de cartão de crédito. A maioria. Mas, me diga, quanto em média? Uns 200 mil por final de semana. Puxa! Quem mandou os seguranças para casa? Fui eu, mas por ordem do dr. Mendonça. Foram seguranças, garçons, cozinheiros, a turma que trabalhou a noite inteira. Entrou outro time, da limpeza. E entraram logo atirando? Não, disseram que era assalto, o dr. Mendonça se assustou, sei lá, e o cara já foi dando um tiro no peito dele. Eu fiquei em choque. Pediram o dinheiro e me bateram aqui, olhe aqui como está inchado? Inchado, mas vivo, seu Ângelo. O senhor teve muita sorte. Como eram eles? Não sei, seu delegado, estavam com essas toucas, de preto, assim grandes, fortes. Teve o susto, armas grandes, me bateram. Estou confuso. Entra uma moça bem nova, chorando, e se abraça com Ângelo. Está tudo bem, Anita, tudo bem. Doutor, esta é minha namorada, Anita Queiroz. Queiroz? É o mesmo sobrenome. É filha, doutor. Filha de Américo Queiroz, o outro sócio. O que está viajando... Entendo. Seu Ângelo, meu colega Cícero vai lhe ajudar no depoimento e adiante entraremos em contato. Muito obrigado pela atenção. Agora vá descansar. O senhor está abalado. Vou mesmo, doutor. Antes, vou na clínica dar uma olhada no ferimento. Porra, Cícero, o que não bate é o que o Edgar falou, que é quadrilha de assaltar banco e tal. Realmente é outro procedimento. Agora, isso é parada dada, não está claro? Bem claro. Seguranças mandados embora, câmeras desligadas. Dá uma geral nesse gerente aí, Felipe qualquer coisa dos Anjos, sei lá. E esse outro sócio? Vamos dar uma fuçada nessa empresa deles. Vou ligar pro Edgar sobre a quadrilha. Ele sabe.

Fala, Gil. Amanhã te confirmo o papo da quadrilha. As impressões no carro deles. Porra, a morte do Rambo acabou com o meu domingo. Foste ver o Leão? Que Leão? E não estava com essa merda de boate? Porra, esse pessoal não tem coisa melhor que fazer domingo de manhã cedo?

Show do Urubu, a partir de agora, no ar, patrocínio da Pará Importados. Meus ouvintes, são impressionantes as fotos do assassinato dos seguranças da boate Zeppelin, acontecidas ontem de manhã cedo, no bairro do Telégrafo. Eles perseguiam a quadrilha que assaltou a boate, frequentada por pessoas da alta sociedade de Belém, e roubou toda a féria da noite de sábado. Estou na linha com o encarregado do caso, o dr. Gilberto Carvalho. Delegado Gilberto, quais as novidades que temos para contar aos ouvintes. Bom-dia, Orlando, bom-dia, ouvintes, ainda não temos muito a informar. Foram cinco assaltantes que roubaram a renda dessa boate e fugiram. Os seguranças foram atrás e dois foram atingidos, vindo, infelizmente, a falecer. Já iniciamos diligências para descobrir o paradeiro desses ladrões e tão logo tenha informações, virei ao programa do Orlando. Obrigado, delegado Gil, o programa Show do Urubu sempre na frente dos acontecimentos. Depois dos comerciais, tem mais. Delegado Gil, bota microfone na frente e fica logo todo posudo. Não pode ver microfone que fica logo... eu te conheço! Urubu, vai tomar no cu, tá? Alguma novidade? Porra, o Rambo, cara, que pena. Era um cara legal. Não era esse que... Não, não era. Era o Ferro, que tinha aquele viado, como era o nome? Esse e outros passavam por onde ele estivesse e pegavam no pau dele pra dar sorte. Eu posso, porra? E tu não pegavas também, mas por gosto, mesmo? Vai te foder. Gil, está fedendo cada vez mais. Primeiro, a situação da empresa é uma cagada. Imposto e o caralho atrasados. Se meter a mão, mergulha na lama. Olha essa: o sócio que morreu, Mendonça, sei lá, ligou uma vizinha do Mário Bosta, o Mário, sabes? Pois é, pra dizer que esse Mendonça tinha duas famílias. Uma respeitável, de coluna social, com um casal de filhos, e outra, de antes dele se casar, com dois filhos gêmeos, criados no desamparo, com ajuda da comunidade. Mas isso não é com a gente. O tal gerente, Felipe dos Anjos, D'Ângelo, não é? Pois é. Namora ou está noivo da filha do outro sócio, Américo Queiroz. E daí? Daí que a mulher é um canhão de galeão espanhol, mermão. Maior golpe, porque esse Queiroz é dono de construtora e o caralho. Porra, tu já sabes tudo isso? Fácil. Fui ontem à noite no bar dos garçons, ali no Jurunas. A turma que trabalha na noite se reúne na segunda pra ter a sua festinha. Esse Felipe é o maior alpinista social. Vivia de favor com uma senhora, comparecendo de vez em quando em troca de casa, comida e roupa lavada. Entrou na Zeppelin e foi levando no papo. Quando pintou a garota do Queiroz, ele viu que era ali mesmo. O Queiroz, que sabe perfeitamente a beleza da filha, estranhou. O sacana aguentou todas as privações. Então ele botou o Felipe na boate nova. E agora essa? Edgar, novidades? É que eu estou sendo muito pressionado. Deu muita mídia o assalto. Tô com eles na mira. Monitorando. Estão em uma casa. Vão fazer a parada deles a qualquer momento. Porra, mas quando? Paciência, cara. Agora não faz nada. Vais prejudicar um lance muito maior. Doutor, eu vim aqui porque o senhor pediu. Ainda não me recuperei totalmente da pancada. Ainda dói. Fica latejando. Ouço um zumbido e afetou a memória imediata, entende? O senhor me desculpa, mas eu não consigo reconhecer nenhum dos caras. Foi tudo rápido. Estávamos conferindo dinheiro, concentrados, e os caras entraram fazendo barulho, dando porrada. Queria poder ajudar. O seu Mendonça era muito bacana, quase um pai pra mim (engole o choro). Fico à sua disposição, de qualquer maneira. Mas escuta uma coisa, ninguém notou nada estranho. Nenhuma figura diferente das pessoas da noite, assim, tipo, vigiando, disfarçando, dando uma conferida? Porra, vocês estavam muito confiantes. Essa segurança de vocês, puta que pariu. Estamos revendo tudo. O dr. Queiroz já me autorizou e... Ele já chegou? Já. Gilberto, esse moleque é um filho da puta. Não tem essa de proteger ninguém. Minha filha já é bem crescida para entender. Eu fiz tudo, delegado, tudo o que pude. A mãe já morreu há alguns anos, que Deus a tenha. O senhor sabe, ela não é nenhuma belezura, mas é uma menina rica, bem educada. E pai sabe, não é, doutor? Sabe a filha que tem. Esse sacana foi chegando na manha, eu avisei, eu disse, mas o senhor sabe, quando elas querem, já viu. Olha, doutor, não está debaixo da minha asa, não. Pode ir fundo. Já tem alguma pista da quadrilha? Estamos trabalhando. Acho que está tudo pronto. Será que recupero algum dinheiro? Não posso dizer. Mas eles ainda não tiveram tempo de gastar, com certeza. Gil, corre que o sacode vai rolar agora. Pegamos no grampo. Eles vão sair agora pro banco. Qual agência? Ali perto do Castanheira. Vamos. O delegado Edgar Mantos e sua equipe entram na casa. Há troca de tiros. Três bandidos mortos. Mais quatro estão presos. Duas mulheres. Armas. Notebooks. Droga. Dinheiro. Cheiro de comida. As mulheres querem falar. Cala a boca! Bota no camburão. Agora não dá pra falar, Gil. Edgar e seus homens ainda estão com a respiração tensa, suados, apertados pelos coletes à prova de bala e por apertar o gatilho. Agora se abraçam. Vamos. Porra, Gil. É tudo casca grossa. Mas temos as provas e eles vão pra Americano. Agora, vem tratar da tua onda. E o assalto? Não sei de nada. Porra, o assalto da boate. Não tenho nada a ver com negócio de boate. Meu negócio é assalto a banco. Que boate? Sei lá, mermão. Porra, cara, colabora. Nesse vocês foram vistos, reconhecidos, perseguidos. Que é que tem confessar, agora que já estão presos? E o que eu ganho? Dá licença. Edgar, a gente pode jogar isso na colaboração e conseguir um ganho na pena, né? Pode. Escuta, cara, só falo com meu advogado aqui, presente. Porra, mermão, tu tá flórida, né? Com advogado. Foi parada dada, não foi? Foi. Quem deu? O gerente. E como ele chegou até vocês? Deu ideia na hora. Como assim? Foi lá no boqueiro. Mesmo boqueiro. A gente tava lá e trocou uma letra. Meu negócio é outro, cara, mas o dinheiro era bom. Mas o combinado era só o assalto? Ia dividir o dinheiro? Não. Tinha de apagar o de bigodão que estava com ele contando dinheiro. O trato era esse? E ele falou a razão? Isso é lá com ele. Me deixa fora disso. É isso. Valeu? Espera, só mais uma coisa: foi ideia só do gerente ou tinha mais gente na jogada? Que eu saiba...

Comigo é na xinxa! Orlando Saraiva em mais um flash do Show do Urubu. Tiroteio e morte encerram a carreira da quadrilha de bancos. Uma quadrilha muito perigosa e que vinha agindo no sul do Pará foi presa no final da manhã de hoje pela equipe do delegado Edgar Mantos. Três bandidos foram mortos na troca de tiros. Outros dois foram presos e mais duas mulheres que davam cobertura em uma casa na Pratinha. E atenção, atenção, mais um furo do Urubu: o chefe da quadrilha também revelou que assaltou a boate Living Room, na Presidente Vargas, e incriminou o gerente da boate, senhor Felipe D'Ângelo. Foi parada dada, meus ouvintes. A polícia já emitiu ordem de prisão. Nos próximos minutos eu volto com mais notícias sobre o caso. É o Show do Urubu, patrocínio da Pará Importados.

Doutor delegado, o senhor prefere acreditar num bandido assassino do que em um trabalhador da noite, ainda abalado pela agressão que sofreu? Espera lá, Felipe, confessa logo. Vai piorar pro teu lado. Tu não vês que ficou muito na cara? Porra, a quadrilha é de banco e de repente assalta boate? Dispensa dos seguranças mais cedo? Porta aberta, câmeras desligadas? Porra, até a minha avó resolvia. Agora, o pior, mesmo, é o assassinato. Mas não fui eu que... Porra, tá foda, Felipe. Assim não vou poder ajudar. Mas me diga por que eu faria uma coisa dessas? Tá na cara! Agora, sem o sócio, o Queiroz é dono sozinho, e tu, que já namoras, estás noivo, sei lá, da filha do cara, te dás bem. Não é isso? Pode ser, doutor, mas tem uma coisa: não é verdade. Eu nunca faria isso. O seu Mendonça era... "Era como um pai pra mim", eu já sei isso, porra. Sabes qual é a condenação para assassinato? Porra, até tu saíres já estás um homem velho. E tu não tens cara de suportar puxar cana, mermão. Não tem mesmo. Olha só. Eu sei de uma coisa. Mas só posso revelar se tiver alguma forra. Tem? Depende da forra. Forra pesada. Pode. E o que me diz que eu posso acreditar em ti? Chama teu advogado. Não tenho. Não tenho dinheiro. Ora, não fode, Felipe. Eu vou chamar um pra ti. Chamo? Espera. Não precisa. Eu confio. Quem mandou matar foi o seu Queiroz. Porra, tu é foda, agora tu queres ficar dono sozinho. Tu achas que eu vou acreditar? Foi ele. Porra, e pra quê? O Mendonça tava todo enrolado. Deixou de pagar impostos, aluguel, os caralhos. Ele me pediu pra contratar e mandar matar o Mendonça. Assim, eu ficava mandando na boate e teria dinheiro pra casar com a Anita. Não bate, cara. O Queiroz não precisa! Isso é um absurdo. Eu não preciso! Coisa de moleque. Vou quebrar a cara desse filho da puta. Delegado, isso é uma mentira! Eu também acho, dr. Queiroz, mas foi feita uma acusação. Uma acusação sem provas, sem base alguma. Eu estava até viajando, o senhor sabe. Depois, nunca seria capaz disso. O Mendonça era meu amigo, sócio, de muitos anos. Eu não sou um animal, que isso, imagina, a Carmem, mulher dele, minha amiga também. Delegado Gil, sei que o senhor precisava checar isso, mas a resposta é não, veementemente. Era o que me faltava. Não bastava o escândalo, a perda do Mendonça, onde essa minha filha estava com a cabeça quando foi cair no papo desse moleque filho da puta. Doutor Queiroz, está bem. Nós vamos continuar apurando, mas até agora a acusação é somente sobre o sr. Felipe, seu gerente. Ex-gerente. Ele vai ficar preso ainda por uns dias e depois seguirá o inquérito. Se o senhor tiver algo mais a dizer, lembrar de alguma coisa, por favor, ligue. Passar bem. Boa tarde, delegado. Delegado? Hein? Anita, minha filha, nem vi que você estava aí. Eu sei. Minha filha, que pena, você sabe... Delegado Gil, não vá ainda. Ouça esta gravação aqui no meu iPhone. Foi feita na véspera do meu pai viajar, aqui mesmo, nesta sala: Mas tem de ser bem feito... não me mete em cagada, vou até viajar. De primeira. Conheço um cara. Quer dizer, um amigo conhece. É marcar. Profissional. Da pesada. Vai ser um assalto. Na manhã de sábado. Melhor na manhã de domingo, é mais sossegado. Não quero dinheiro. E vê se não pega também, porra, nada de dinheiro. É tudo pra ele, só tem de apagar o Mendonça. Isso. E segurar as investigações. Fechado. E em quanto tempo eu... Deixa pra depois. Não está fechado entre nós? Fechado.

Santa Maria!

É MAIS UM FLASH DO SHOW DO URUBU, *a qualquer instante, de qualquer parte da cidade. Flagrante macabro na praça Dom Pedro II, em frente ao Palácio do Governo. O corpo de um inspetor da Polícia Rodoviária Federal foi encontrado crivado de balas, no interior de uma viatura da própria polícia. É o inspetor Armando Costa, segundo sua identificação. Ainda não se sabe se ele foi trazido e deixado aqui, já morto, ou se foi assassinado no local. Apesar de ser intensamente policiado o local em frente ao Palácio do Governo e Palácio da Prefeitura, ninguém até agora disse que viu alguma coisa. A equipe do delegado Gilberto Carvalho já assumiu a cena do crime e logo logo teremos novidades. É mais um Show do Urubu, patrocínio da Pará Importados.*

Delegado Gilberto? Pois não? Agente Pedro Aldeota, Polícia Federal. Estamos chegando para assumir o caso. Tudo bem, mas nós também estamos trabalhando. Um ajuda o outro? Pode ser. O IML ainda vai dizer quanto tempo o corpo passou aqui e se já chegou morto. Recolhemos impressões digitais, fotografamos, enfim, se quiser, repasso o material depois. E sobre ele? O inspetor Costa já tinha dez anos de carreira. Servia no posto de fiscalização de Santa Maria, na BR. Bom profissional, mulher, filho. Não parece ter sido morto aqui. Havia sangue, mas sei lá. Não encontramos cartuchos, mas isso não é nada, pode ser que tenham levado. O IML vai esclarecer. Para nós, o show aqui acabou. O carro vai ser guinchado, examinado, e segue para vocês em seguida. Anote meu telefone. Gil, essa área ali de Santa Maria tem aquele Paulino Santarém, bandidão, mas ninguém encosta. Roubo de carro, assalto a banco, os caralhos. Está cheirando a queima de arquivo, mas o que não entendo é justamente botar o cara ali, na frente do governador, como uma provocação. Esses caras se protegem, não entendi. Esse da Polícia Rodoviária deve estar envolvido. Olha, Vicente, é para lá que estamos indo amanhã. Reúne o Osório e o Cícero. Pede gasolina, almoço, organiza. Santa Maria é município na beira da Belém-Brasília. Para chegar em Belém, tem de passar por lá. Caminhões abarrotados passam a todo instante pelo posto de fiscalização da Polícia Rodoviária. Nem todos são parados. Falta de pessoal, delegado Pio. É, Gil, guarda. Desculpe, Gil. Mas mesmo assim, fazemos o possível. Não sabemos o que pode ter ocorrido com o inspetor Armando Costa, um dos nossos melhores quadros, com excelentes serviços prestados em sua folha. Alguém pode dizer alguma coisa? Se ele estava nervoso, aborrecido, esses últimos dias? E ontem, quem esteve com ele por último? Teve algum atrito, sabe como é, essa função de fiscal... Delegado Pio, desculpe, Gil, ele estava absolutamente normal, como sempre, alegre, comunicativo e dedicado ao trabalho. Saiu daqui umas seis da tarde. Ele mora aqui em Santa Maria? Não. Mora em Belém. Lá é que, recentemente, trocou de endereço. Pode me dar o endereço? Ah, bem, Saraiva? Por favor, o novo endereço do inspetor Costa pro delegado, por favor. Obrigado. E sobre esse indivíduo, Paulino Santarém, sobre o qual há muitas denúncias? Ele age por aqui, não é? Delegado Pio, digo, Gil, esse senhor nunca nos causou problemas. O caso dele é com o Estado, falta de pagamento de impostos, algo assim. Ele tem algum poder em Santa Maria, é dono de vários comércios e, principalmente, desse posto, é um postão, na beira da estrada, o "Santarém", que atende a quase todos da região e também aos caminhoneiros e viajantes. Gasolina adulterada? Não sei, delegado. Esse é um assunto da delegada Virgínia. Quem? Delegada Virgínia, o senhor não conhece? Eu te disse, Gil, a delegada daqui. Ah, sim, Virgínia, sei, nós ainda vamos encontrá-la. Bem, obrigado pelas informações, estamos ainda começando a investigar esse assassinato. Delegado, eu creio que a PF também vai investigar. Já está investigando. O agente Pedro Aldeota conversou comigo. Estamos trocando informações. Ficamos na torcida pela elucidação do caso. O inspetor Armando Costa era muito querido e estamos muito revoltados com a sua morte. Agente Aldeota, aqui é o delegado Gilberto Carvalho. Tudo bem? Estamos aqui em Santa Maria. A ligação não está boa. O serviço aqui é péssimo. Já estivemos no posto de fiscalização da Polícia Rodoviária. Pensamos que o rodoviário morava aqui, mas a informação é que ele mora em Belém. Mora, sim. Eu ia telefonar. Já investigamos o endereço dele. Morava ali no Umarizal, em um apartamento caro, tipo classe A, quatro quartos, suítes e outros confortos. Na garagem, dois carros importados. A mulher e o filho não sabem de nada. Estão assustados. É claro que a renda é incompatível com esse padrão de moradia. Agora vamos examinar seus dados bancários e outros bens particulares. E por aí? Apenas isso, a ida ao posto. Ainda não me disseram nada lá do IML. Quando eu souber, te ligo. Amanhã dou uma assuntada na cidade. Vou conversar com a delegada, prefeito e até mesmo aquele cara, o Santarém, que é dono de posto e vive envolvido em confusão. Delegado, o falecido passava o dia inteiro aí em Santa Maria. Será que não se metia com mulheres, sei lá, de repente pode ser um assassinato passional e fica tudo mais fácil. É, vou ver. De qualquer maneira, estou aguardando autorização e devo aparecer por aí também. O posto Santarém é como uma cidade encostada em Santa Maria. Noite de verão, gente indo e vindo. Churrascaria, viajantes, caminhoneiros. Lavagem de carros. Garotos vendendo picolés e chopes, sucos em saquinhos, para chupar no canudinho. Cícero, fica fora, olhando. Depois a gente te traz algo pra comer. Sempre eu? Qualé? Rodízio de churrasco. Tirando a barriga da miséria. Pelo preço! Vamos dormir na delegacia. Aqui não tem hotel nem pensão, quer dizer, não vamos ficar aqui no posto. Cadê o Cícero? Sumiu. Sei lá, se emputeceu, deu o dzar o puto. Porra, assim é foda, não se tem mais comando? Liga aí pra ele. Fora de área. Porra, aqui é foda o celular. Ele vem atrás da gente. Chegaram na delegacia. Tudo escuro. Fechado. Fodeu-se. Tem alguém aí? Tem alguém aí? Tem. Na cela. Presos? Sim. Vocês estão em quantos? Dois. Cadê a delegada? Não está. Já foi. Ela volta hoje? Não. Agora só amanhã de manhã. Vamos dormir no carro. Merda. Cícero está do lado de fora da churrascaria. Faz a vigilância. Esses frescos estão é demorando de propósito. Depois vão trazer alguma porra fria, gelada, pra mim. Manuseou o celular nos games. Pra matar o tempo. Ih, aqui essa porra não dá nem tracinho de sinal. Pensou em comprar um salgado, qualquer coisa pra disfarçar a fome, de algum dos ambulantes. Passou um completo. Bicicleta que vende salgado e suco, completo, um real. Estava estraçalhando uma coxinha quando vem um cara e diz: Ei, tu aí, do salgado. Tu é o Beto, da Prainha? Cícero confirma. Vem comigo. Eles andam por entre carros, caminhões, até chegarem em um caminhão cegonha, lotado de carros novos. Entra aí. Cícero entra no lado do carona. Fica olhando. O cara vai até outros. No meio, ele acha, alguém que pode ser o motorista verdadeiro do caminhão. Pega o celular. Tenta ligar. Fora de área da cobertura. Uma, redial, outra. Nada. Eles estão com um maço de dinheiro, negociando. Há alguma divergência. Um homem grande puxa o revólver e, colando na barriga do motorista, dispara. É um ruído surdo, abafado pelos mil barulhos do lugar. O cara sai do bolo, se despede, entra no caminhão. Vamos! Saem do posto, rodam na BR, entram em uma vicinal. O vento bate no rosto de Cícero, que está petrificado.

 E aí, cara, como é que tá Prainha? Aquelas bucetinhas todas? Eu conheço por lá... Na mesma... E o sacana do Pauleco, ele te recomendou bem, cara... Pauleco é mermão... Porra, já senti que tu não é de falar muito, né? Xá pra lá, é até melhor. Nós vai passar a noite fazendo traslado, tu tá sabendo. Tá bom. Fica na tua. Não tem problema. Eles chegam a uma fazenda. Atravessam a cerca e pegam outra estradinha. Param no meio do nada. Noite bonita, estrelada, como na cidade não se vê. Cícero coça o celular no bolso. Terá oportunidade de ligar? Vamos descer. Vou avisar o chefe. Ele nota o celular de Cícero. Mano, esconde o aparelho. O chefe não gosta. Acha que alguém pode rastrear. O meu só vou ligar agora pra chamar ele. Tá falado. Chefe? É o Bila. Ih, o dele deu sinal? A encomenda está aqui. Vamos guardar agora, eu e o Beto, o rapaz que seu Pauleco mandou. O senhor manda. Beto, vamos que a gente sai daqui mais cedo. Vamos guardar onde? Ah, tu não sabes. Olha aqui. Anda uns vinte metros. Tira do chão galhos e plantas que escondem uma entrada, um buraco, uma rampa. Quando abrem, Bila entra e liga a energia. Cícero tem um susto. Ali, no meio do mato, bem, era mato em outro sentido, aquilo tinha cheiro de maconha, pois é, ali, havia uma garagem subterrânea, gigantesca, com vários carros guardados. Vamos que eu tiro o primeiro e te mostro. Porra, Bila, nunca vi nada assim. Pois é, na primeira vez assusta, mas já acostuma. Vamos fazer o serviço. Tu mandas. Bila está manobrando o primeiro carro da cegonha e Cícero ouve, ao longe, ruído de carro. Rápido, ele pensa que, no posto, o verdadeiro Beto da Prainha deve ter aparecido. Não há outra chance. Sem avisar, corre em direção ao mato. Ele precisa chegar na BR, precisa escapar. Já está correndo, no escuro, aproveitando apenas a noite bonita, quando vê luzes chegando e vozes. Sabe que se for apanhado será morto.

Fala, fresco. Alguma novidade? Fala, Urubu! Vai tomar no teu cu! Porra, alguma novidade? Tu estás em Santa Maria? Porra, nada, ainda. Hoje é que vamos começar de verdade. O falecido morava aí? Quê? Não entendi? A ligação está uma merda. O falecido morava aí? Ah, não. Olha, aí é que está. A PF descobriu que ele morava num palácio lá no Umarizal, perto da Doca, tá ligado? Aí tem coisa. Tem, claro, mas tem de sair ou daqui desse posto de fiscalização ou da cidade. Mas ainda não tenho nada pra ti. Porra, tu me ligas? Quê? Me liga, porra! Não. Não prometo ligar. Tu é que precisas de notícia, tu ligas, porra. Já estão acordados. E o Cícero, hein? Nada, Gil. E nem dá sinal direito no celular. Osório, volta no posto e dá uma assuntada. Vicente, pede uma água, sei lá, qualquer coisa pra gente tomar. Ah, já sei, ali fica a taberna. Vamos até lá. Bom-dia. Será que o senhor tem um café com leite e pão para nos alimentar? Tenho, sim, senhor. Um momentinho. São da polícia, né? Somos. Estamos de passagem. O carro deu problema ontem de noite, aí entramos para dormir aqui. Agora já está no mecânico. A delegada aqui é a Virgínia, não é? É, dona Virgínia. Daqui a pouco ela está riscando por aqui. Ela tem muito trabalho? Não, aqui é tudo calminho. Ela sente falta. Veio há poucos meses da cidade, sabe como é... Tem dois presos na cela? É. Um deles é ladrão de galinha, toda hora tá preso. O outro é recente. O prefeito pegou ele com uma mocinha que trabalha na casa. Ih, foi um escândalo. Queriam até linchar, a dona Virgínia teve de botar quente. O safado ainda garante que não foi ele. Se dependesse de mim, um cabra desses não tava vivo, não. Não é, doutor? Não deixe o coração nisso, meu senhor. É a lei que tem de punir. Senão, todo mundo ia fazer sua lei e virava anarquia, não é? O senhor dizendo... Aqui o prefeito é... Seu Zé Renato, já está na reeleição. Ele é o prefeito, mas passa a maior parte do tempo em Belém... Ele e a mulher dele, dona Natércia, ô mulherzinha chata, nariz empinado, ninguém gosta dela. Aqui pra nós, doutor, o pessoal comenta que ela que é o prefeito e seu Zé não apita nada... Esses pessoal não presta... E ele está agora na cidade? Está. Desde a semana passada que ele não sai. Acho até estranho mas eu, ó, doutor, nem me meto, não gosto de fofoca... Estou vendo. Batem palmas à porta da residência do prefeito. Podemos falar com o senhor prefeito? Por aqui. Para os padrões de Santa Maria, uma mansão. Central de ar. Antenas parabólicas. Quatro carros. Pois não? Senhor prefeito? Isso mesmo. E o senhor? Delegado Gilberto Carvalho, de Belém. Tudo bem? Tudo, vamos sentar. O senhor toma um suco? Seus colegas? O que os traz por aqui? O assassinato daquele inspetor... Ah, o Armandinho, Armando Costa, isso, realmente algo terrível, não é? Sem dúvida. Descobrimos que ele atuava aqui em Santa Maria... Bem, não exatamente em Santa Maria, e sim no posto de fiscalização da Polícia Federal, o senhor deve ter passado por lá... Desculpe, é modo de dizer... Mesmo assim, ele poderia morar aqui e precisamos investigar, não é? Não, ele não mora aqui... nós sempre o convidamos a vir, mas ele preferia morar em Belém, a esposa, ao que parece, não se dava muito com o clima... o senhor sabe como são essas coisas... Bom-dia. Bom-dia... Senhores, esta é minha esposa, primeira-dama do município, dona Natércia. Meu bem, eles estão investigando a morte do Armandinho, aquele fato terrível. Sim, terrível, mesmo, não foi? E em Belém, que é cidade grande, tem um corpo policial... os senhores já estão descobrindo tudo? Bem, senhora, estamos iniciando... senhor prefeito, o senhor esteve aqui nos últimos dias? Sim, claro, mas qual a... O senhor conversou com Armando nesses dias? Ele estava preocupado, aborrecido, comentou algum assunto? Não, veja, nós nos encontrávamos esporadicamente, a faina é tão intensa na prefeitura que não há tempo... Nem ouviu nada a respeito? Um motivo... Dona Natércia? Não, senhor, nada. Eu sou uma dona de casa, me entenda... Eu compreendo. Bem, se lembrarem qualquer coisa, se houver algo que possa ser dito e nos ajude, estaremos ali na delegacia, com a dona Virgínia, está bem? Ah, senhor prefeito. Já ia me esquecendo. Fica aqui perto a fazenda de Paulino Santarém? Susto. Pálido. É, realmente, fica a uns dez quilômetros daqui, pega da BR uma vicinal. Obrigado. Talvez tenhamos de procurar por ele, também. Ah, doutor, difícil vai ser encontrá-lo... É um homem muito ocupado, poderoso... Vamos ver. Bom-dia...

    Mulher, eu não te disse pra controlar teu gênio? Qual teu problema? Custava ter um pouco de paciência? Agora é tarde. Eu fiz. Fiz e não me arrependo. Vocês são todos uns filhos da puta. E esse Armandinho era o pior. Filho da puta. Me desprezar. Ah, tenho mulher e filhos. Um caralho! Agora eu quero ver. Querida, você estragou algo que funcionava muito bem. E tudo por causa de homem? Claro, né, porque homem eu não tenho em casa. Não começa. Casar comigo sempre foi um bom negócio. Zé, cala a boca. Agora é tarde. Tem de aguentar a onda. Esse polícia aí não sabe nem andar no mato. Vai olhar, fuçar, não acha nada e vai embora. E olha, só pra te lembrar quem manda nessa casa, se tu não obedeces, a mamãe aqui vai já dizer quem estava comendo o cu da garotinha lá no banheiro e não vai ter nenhum peão pra tu botares a culpa. Vamos nos acalmar. Fica firme, pedófilo filho da puta! Gil, nada do Cícero. Lá no posto, sabe como é, ninguém viu nem ouviu nada. Suspeito pra caralho, mas ninguém sabe nada. Porra, era o que faltava. Não encontra uma pista e ainda perde um dos homens. Cadê a delegada, tá aí? Não. Tá lá atrás, no quintal. No quintal? E olha, de biquíni, pegando sol. Quê? Quer mais? É uma gata. Ôpa! Nada, Vicente. Eu vou lá. Sou o chefe. É uma morena bonita, de cabelos longos, em um minúsculo biquíni, numa cadeira de praia, lendo um livro. Delegada Virgínia? Ah, então o senhor é o delegado Gilberto Carvalho, o tão falado Gil... Falado? Não, claro que não. Tudo bem? Confesso que considero inusitado encontrar uma autoridade de biquíni, no quintal da delegacia. Ah, Gil, sem essa, né? Primeiro os caras me mandam aqui pro cu do mundo, última prega, né? Onde não acontece nada, nunca! O dinheiro da comida desses dois presos aí sai do meu bolso, senão morriam de fome, e ainda tem de ficar lá dentro, naquela sala imunda e fedorenta, pera lá, né? Bem, até que tem acontecido alguma coisa por aqui... O quê, por exemplo? Pedofilia? Pera lá, né, Gil? E o assassinato do inspetor Armando? Não é assunto meu. Ele fica lá na estrada. É federal. Sei lá o que ele andou fazendo... Nem mora aqui... Olha, quer saber de uma coisa, esses caras não têm ideia da maldade que fizeram mandando uma mulher tão bonita aqui pra Santa Maria... Gil, isso aqui, sabe aquela música, o nada pra lugar nenhum? Pois é. É Santa Maria. Mas eu tenho uma pra ti. Que foi? Um de meus homens sumiu. Sumiu? Como? Ontem à noite, jantamos lá no postão. Mandei ele ficar de olho, lá fora. Ele sumiu. Não apareceu até agora. Não consigo ligar pro celular. Aqui é uma merda. Não sabe andar na região. Ih... Sabes de quem é esse postão, né? Como é o nome? Paulino Santarém. Podes ajudar? Posso, né? Depois, uns e outros vão fazer relatório e ainda dizer que eu fico de biquíni em vez de tomar conta da delegacia... Eu nunca faria isso. Mas vamos eu e tu. Deixa aqui teus cabras. Vamos de carro? Não. Vamos de bicicleta. Bicicleta? Isso. Por onde nós vamos, não passa carro. Tá pensando que é Belém? Isso parece caminho de formiga. Vai por aí, mesmo. Força nessa batata da perna. Gil pedalava e sentia a pressão daquele corpo feminino contra o dele. Ela envolvia sua cintura com os braços, indo na garupa. Ali, ali. Para. Bateram palmas. Foram entrando. Crianças nuas e sujas. Bacias cheias de roupa lavando. Patos e galinhas. Zefa? Oi, minha nega. O que é que tu manda. E esse aí? Tá comigo. Tu tava ontem no postão, fazendo ponto? Mas claro, minha nega. Tem de sustentar isso aqui... Um amigo dele sumiu. Ih. Minha nega, não me mete em confusão. Não, Zefa, é sério. Ele é polícia, como eu. Sumiu um companheiro. Tu viste alguma coisa? Eu não sei. Não sei, como? Olha, eles apagaram um cara, ontem. Vi de longe. Mais um motora. Depois eles arrastaram o caminhão desses que transporta carro. Meu amigo não era motorista. Então não sei. Mas ó, mais tarde, tinha outro todo encrespado, porque um cara lá do seu Paulino não tinha apanhado ele, sei lá. Ó, não sei mais de nada. E agora risca daqui que eu gosto de viver e tenho criança pra criar. Cícero não é nenhum dos dois. Acho que pegaram ele. Porra, se apagaram ele eu vou virar cavalo do cão. Olha, Gil, tu viste qual a situação na minha delegacia. Agora me diz se eu posso fazer alguma coisa. Ando de bike, não tem munição e até comida eu dou pros presos. Me diz o que eu posso fazer. Ir atrás do teu amigo? E esse caminhoneiro? Vamos voltar. Alô? Pedro Aldeota, delegado Gil. Estou chegando a Santa Maria. Estou ligando tem uns dez minutos. Poderíamos nos encontrar? Na delegacia? Não. Vai dar na vista. Tem um restaurante chamado Anita, pouquinho antes de chegar em Santa Maria. Já sei. Em meia hora? Tá certo. Era o agente da PF. Está esquentando. Esse pessoal chega com tudo. Finalmente, um pouco de ação por aqui. Olha, vê se não comenta com ninguém esse negócio do biquíni no quintal, tá? Xá comigo.

Gil? Pedro. E aí? O carro sem impressões digitais, mas analisaram tufos de cabelo. Cabelo de mulher. Ou de meia-idade, ou que já receberam muita tinta. Sabe como elas são. E um brinco. Um brinco? E o celular do inspetor? Já cruzamos tudo. Tem ligação do prefeito, daquele Paulino e muitas, mas muitas mesmo, da senhora Natércia Palha. Quem é? A mulher do prefeito. Estou aguardando a transcrição das conversas para agir. Por enquanto, vou dar uma prensa no posto de fiscalização. Parece que só tem inocente por lá. Mas de inocente o inferno está cheio, Gil. Pedro, acho que vou pedir reforço. Um de meus homens sumiu, desde ontem à noite. Por enquanto, não posso te ajudar. Eu sei. Aceita um convite para jantar? Onde? Em minha casa. Não é todo dia que recebo alguém para jantar. Mas, Virgínia, podemos ir a... Gil, o convite é para jantar em casa. E sem segundas intenções, está bem? Certo.

Doutor Getúlio? É o delegado Gilberto Carvalho. Estou em Santa Maria. Eu sei, mas é que a recepção de celular é horrível. Dificilmente conseguimos linha. O pessoal da federal também está aqui. Estamos nos ajudando. Sei. Sei, perfeitamente. Doutor, eles trouxeram mais detalhes do que nós e o IML descobrimos. E tem o seguinte: um de meus homens sumiu. Sumiu. Desde ontem à noite. Estava de vigia. Não sei, é um bom profissional e sabe o que faz, mas nunca se sabe. Estávamos num posto de gasolina, esses postões que têm mil coisas, cheios de caminhoneiros. Ah, o posto é daquele Paulino Santarém, sabe? Sei. Sei. O bandido se protege. Não, por enquanto procuramos pistas de alguma atividade que o inspetor tenha desenvolvido, algum indício que possa ter gerado o assassinato, né? Doutor Getúlio, por mim, passo longe desse Paulino. Eu ligo assim que tiver notícias.

Deve ser horrível morar aqui, sozinha, para uma moça como você. Pra qualquer um. Aqui não acontece nada. Mas não vem nem um namorado, amigo, sei lá? Não. O último que eu tive terminou por causa da profissão, da transferência pra cá. Minha mãe já veio algumas vezes, mas é enfermeira do Hospital Belém e dificilmente consegue uma folga. Bem, tem televisão via satélite, mesmo que a recepção não seja grande coisa. Gosta de espaguete à carbonara? Hum. Gosto muito. Mas não coloque aquele molho branco. Gosto sem molho. Eu gosto com molho. Mas vou fazer sua vontade. É visita, né? E você? Já tinha ouvido falar no delegado Gil. Eu já sou veterano. Dei cabeçadas, umas furadas, mas também já acertei a mão. Tenho um probleminha com bebida, mas está controlado, tranquilo. Mas o probleminha me causou a separação de minha mulher. Quer dizer, de vez em quando a gente se fala, mas cada um no seu canto. Esse espaguete está gostoso... Obrigada. Você não precisa ajudar a lavar os pratos. Mas eu quero te ajudar. Tá bom. Cafezinho? Posso esperar ali no sofá? Pode. Posso colocar a cabeça no teu colo? Pode. Gil pousa as mãos sobre os seios de Virgínia, que suspira. Eles estão deitados no sofá. Não ache que eu sou tão facinha assim por ter dado na primeira vez. Não acho nada. Estava carente. Desculpe. Por nada. Eu agradeço, isso sim. Você é linda, inteligente, francamente, foi uma grande sacanagem te mandarem pra cá. É outra longa história. Um dia eu te conto. Gil percebe uma silhueta na janela. A silhueta desaparece. Pede silêncio para Virgínia. Sai de mansinho. Descalço, sente a relva úmida da noite. E segura com força, aquela figura pequena e branca que luta, mas está presa em seus braços. Traz para dentro da casa. Uma mulher? Quem é você? Ela não quer dizer. Virgínia pergunta se ela sabe quem é ela. Sabe. E ele é o delegado Gil, de Belém. Por que estava nos espionando? Cala. Fale. Está entre amigos. Cícero está na minha casa. Cícero? Meu parceiro? Sim. Ele me pediu para encontrá-lo. Venha. Ele não está bem. Vamos. Ela, não. Ela, sim. Tá. Quem é você? Silêncio. Quando chegar em casa. Afastada do centro da cidade. Escura. Abandonada. Entram. Cícero está jogado. Agitado. Machucado. Gil liga a luz do celular. Está horrível. Perdeu um dos olhos. Muitos ferimentos. O que aconteceu? Cícero conta do posto, do assassinato, conta da garagem. Eles vieram atrás de mim. Eu corri. Soltaram cachorro.

Corri muito. Eles desistiram, menos o cachorro. Eu o matei com as minhas mãos, apenas. Pensei que ia morrer. A moça me achou no início da noite. Um caminhão cegonha inteiro? Uma garagem subterrânea no meio do mato? Preciso falar com o agente Aldeota. Da PF? Claro. Não, preciso ligar pro dr. Getúlio, meu chefe. Porra, aqui não tem sinal. Não tem sinal, Gil. Deu foi é raiva e joguei o meu fora. Sensação de impotência, sabe? Deixa o dia amanhecer que te mando pra Belém de ambulância. Vou chamar aqui de Castanhal. Agora descansa, cara. E você, dona, muito obrigado. Salvou a vida dele. Encontrei, não ia deixar morrer, né? E quem é você? Não interessa. Não sou ninguém há muito tempo. É verdade, nunca te vi na cidade. E essa casa aqui, diziam que é ruína. Que morou aqui uma família que era dona de muitas terras, mas que entrou em desgraça por causa do pai da família que... é mentira! Mentira! Não foi nada disso! Mas eu nem falei. Pra falar a verdade, nem sei. E qual é a verdade? Meu nome é Flávia. Flávia Mescouto, da família que fundou a cidade. Meu avô fundou. A nossa desgraça foi que... ah, não interessa mais, o mal foi feito e acabou. Flávia, você já nos ajudou muito hoje. Deixe-nos ajudá-la, também. O que vocês podem fazer com o prefeito, o cara que manda na cidade? Zé Renato? Depende. O que ele fez? Me desvirginou. Me machucou. Me marcou. Marcou? Olha aqui. Um "z" feito à faca, no ombro. Mas como foi? Ele me atacou. Me socou. Quebrou meu queixo. Me usou. Fui para o hospital para me costurarem. E ninguém fez nada. Fez. Ele acusou meu pai de ser pedófilo. Mas sem provas? Sei lá. Não lembro. Mas acusou. E sua mãe? Acreditou. Eles vinham tendo brigas. Meu pai foi para a cadeia de Americano, mesmo negando tudo. Três dias depois, assassinaram ele na cela. E sua mãe? Foi embora. Nunca mais voltou. Eu fiquei. Me tranquei em casa. Não tinha dinheiro para ir embora. Não queria ir embora. Precisava me vingar. Só saio à noite, quando ninguém pode me ver. Precisa mandar soltar o bate-pau que está preso acusado de pedofilia. Não foi ele. Eu vi. Foi o Zé. O prefeito? Foi. A mulher dele saiu de casa à noite e ele foi pegar a menina. Arrastou pro quintal e abusou dela. Gritou a noite inteira. Eu não podia fazer nada. Apareceu o bate-pau. Ele pediu para socorrer a menina. Chamou a delegada Virgínia e acusou, não foi? Foi. É o prefeito. Você chega e já encontra aquele pessoal. Vem a autoridade máxima do município e acusa. O homem se defende, diz que não foi, mas dá uma raiva na gente essa coisa de pedofilia. Prendi, e se dependesse de mim dava era tiro. Mas não foi ele. Se é tiro, é tiro no prefeito. E a mulher dele, sabe? Sabe. Ela tem um caso com o inspetor da Polícia Rodoviária. O prefeito sabe. Eles são marido e mulher por conveniência. E ele junta dinheiro para a reeleição. É grande o número de ligações no telefone do inspetor para a mulher do prefeito. Mas isso não quer dizer nada, claro. Claro. E você, Flávia, sabendo disso tudo e calada. Pra quê? Ninguém vai fazer nada. Depois, o mal que era pra ser feito comigo, já foi feito. Agora quero cuidar de Cícero. Vocês não vão fazer nada pra ele? Estou de mãos atadas. Até o juiz chegar de Belém e dar o mandado de busca e apreensão, mais o mandado de prisão do prefeito, o que posso fazer? Vamos descobrir a garagem do Paulino Santarém. Virgínia, fica vigiando a residência do Zé Renato? Seguindo as orientações de Cícero, chegam à fazenda e à entrada da garagem. Está tudo deserto. Os policiais ficam espantados com o tamanho e a tecnologia utilizada. Impensável. Nunca vi disso. Vamos até a sede da fazenda. Chegaram lá. Parece um dia normal, com pouco movimento. Seu Paulino está? Não. Ele viajou desde ontem. Pra onde? Foi no avião, mas não sei não, senhor. Ele é o chefe, não precisa dizer se não quiser. Os senhores não podem entrar assim. Podemos, sim. É Polícia Federal. Toca o telefone. Sim, senhor. Sim. Mas, senhor, nós... São suas ordens. Claro que sim. Retirada, galera. Vamos. Tem mais o que fazer. Quem era? Brasília mandou suspender a operação. Mas eles sabem? Sabem, claro. Paulino tem sua força. Essa galera se protege. Depois, não encontramos nada, não é? Mas podíamos, sei lá, explodir a garagem? Gostaria muito, mas gosto demais do meu emprego. A gente ainda pega esse filho da puta. Agora está claro que os carros eram desviados para cá.

Mas aí o inspetor pegava as notas fiscais e esquentava tudo, no Detran de Castanhal, de repente. E o prefeito era o elo entre Paulino e o inspetor. E quem matou o cara? Paulino? Prefeito? O que aconteceu? Se Paulino ainda estava desviando o caminhão cegonha, ele não sabia da morte do inspetor. Vamos voltar que o juiz já deve ter chegado. Fala, Urubu! Agora não dá. Te ligo depois. E aí, Virgínia? Estão aí. Não saíram. Acho que já estão esperando. Gil, pega o prefeito. Deixa a mulher comigo. Senhor prefeito, tenho uma ordem de prisão contra o senhor. Que acusações? Pedofilia, falso testemunho e suspeita de assassinato. De assassinato? Posso ligar para o meu advogado? Pode. Senhora Natércia, podemos conversar um instante em particular? Delegado Gil, vamos ter algum tempo para conversar até o advogado chegar. Agradeço se esperarmos aqui em casa. Não lhe parece um tanto estapafúrdia a acusação de pedofilia? Não, senhor prefeito. Temos uma testemunha. Uma testemunha? O rapaz que cometeu o crime insiste em... Uma jovem que o senhor atacou há alguns anos. Eu? Flávia Mescouto. Ela é a testemunha inclusive do ataque contra essa moça, sua última vítima. É uma mentira! Essa moça estava sumida, o pai é que a atacou, ficou provado. Senhor prefeito, mais tarde discutiremos. E quanto ao assassinato... O senhor matou o inspetor? De jeito nenhum. Não sou assassino, delegado. Com que base o senhor faz a acusação? Uma testemunha. Impossível! Quem? Gil, com a cabeça, faz com que ele pense que foi a esposa. Natércia? Era o que faltava. Delegado Gil, ela é a assassina. Mas não tinha motivos. Tinha. Eram amantes e ele recusou largar tudo e fugir com ela. O inspetor era ambicioso, queria mais dinheiro. Ah, o senhor também confessa o golpe do desvio dos carros. Delegado Gil, não estou confessando nada. Meu advogado ainda vem aí. Mas quanto à Natércia, pergunte a ela como fez. Agente Pedro, fui eu. Faria de novo. Matei. Ele me enganou. Disse que me amava. Que seríamos felizes longe daqui dessa terra de merda. Largava tudo. Juntamos um bom dinheiro. Aí mudou de ideia. Adiou, adiou até dizer que não. Me chamou de velha. De feia. Cafona. Não é fácil ouvir algo assim quando se ama alguém e vê que era tudo ilusão. A delegada Virgínia sabe como é difícil, não é? Somos mulheres. Meu casamento era de fachada. Como alguém pode amar esse monstro pedófilo? Dei a ele uma última chance. Saímos, e eu atirei nele. A arma está no meu quarto. Limpei tudo. Dirigi de madrugada até Belém e deixei, de propósito, o carro em frente ao Palácio do Governo. Deixo que descubram tudo. Não tenho mais nada a perder. O amor em que eu tanto acreditava era mentira. Voltei de ônibus até Castanhal. De lá, peguei um táxi.

É o Show do Urubu, com história de cinema em Santa Maria. Foi resolvido o assassinato do inspetor da Polícia Rodoviária, cujo corpo foi encontrado dentro da viatura, em frente ao Palácio do Governo. Quem matou foi a primeira-dama de Santa Maria, Natércia Palha, que mantinha um caso extraconjugal com o inspetor. Enquanto isso, o prefeito de Santa Maria, Zé Renato, também foi preso, acusado de pedofilia. O delegado Gilberto Carvalho resolveu o assunto, assessorado pela delegada Virgínia Mafra, de Santa Maria. Mais detalhes amanhã, com uma entrevista exclusiva com o delegado Gil. É o Show do Urubu!

Delegado Gil? Sim. É Pedro Aldeota, tudo bem? Levando, né? Estou ligando para agradecer a colaboração. Que nada, agente Pedro, eu é que agradeço. Infelizmente, não pudemos resolver o assunto mais importante. Realmente, mas nesse serviço, muitas vezes nós nos decepcionamos com gente de costas quentes, ladrões influentes, mas a verdade é que todos têm seu dia, e esse dia vai chegar para o tal Paulino Santarém. E que tal o seu companheiro de trabalho? O Cícero está muito bem. Quer dizer, perdeu uma das vistas, mas eu digo que está bem porque aposentou por invalidez e está morando em Santa Maria, namorando aquela moça, Flávia, que o encontrou na mata. Só o amor para achar que vale a pena ficar em Santa Maria, não é, Gil? Bem, a verdade é que há também uns igarapés bem bonitos por lá, viu? Eu mesmo estou indo no próximo final de semana para passear um pouquinho, viu?

Uga Uga

DOUTOR GETÚLIO, eu já estou assoberbado com esse caso da menina no saco e o senhor ainda vem. Não estou te perguntando. Resolve. Passa o pano. Manda o Cícero, Vicente, sei lá, mas fica responsável. Agora é uma atrás da outra. E quem é esse caralho de Uga Uga, porra, isso está parecendo desenho da Disney, deve ser pra me sacanear. É trafica da Sacramenta, o senhor sabe como é, tem gente por trás, a gente vive reunindo prova pra quando chegar o momento cair em cima. É, mas o jornal tá botando quente por causa desse menino que mataram. Vai lá. Me dá notícias. Logo. Tchau. Cícero, me passa as informações do Uga Uga. Caiu no meu colo. Do caralho! Vicente e Osório já estão ocupados. Gil, Uga Uga é Jerônimo Santos, da Sacramenta. Criado ali mesmo. Foi crescendo e virando figura. Hoje manda. Tem um motel ali próximo ao canal da Pirajá. O sacana já foi até candidato a vereador, pode? É popular e tal. Os moradores gostam dele. Aquela coisa. Paga médico, compra remédio, avia receita. E o garoto? É Maiko sei lá o quê. O que ele fez? O Zico, aquele X9... O Zico? Ah, pera lá... isso é um papudinho da porra. É, mas ele tá na área e deu o serviço. O problema é que os aviões do Uga Uga são todos moleques da redondeza. Eles ficam na área, empinando papagaio, jogando bola, mas fornecem a droga pra quem vai lá buscar. E todos andam armados. Uns pivetões. O Maiko era avião. Quase líder. Todo mundo gostava. Bom de bola, os caralhos. Mas aí não quis mais. Entrou pra Universal, sei lá, se entregou pra Deus, qualquer merda assim. Aí que vem. O sacana achou de namorar uma filha do Uga Uga. Porra, foi demais. O cara larga de ser avião, entra pra Universal e vai comer a filha do Uga Uga, porra, é foda. Aí, nos primeiros dias, o Uga Uga mandou pintar uma cruz preta na porta da casa do Maiko. O garoto vendia roupas usadas pra sustentar os quatro irmãos e a mãe que é paralítica. Quando viu a porta pintada, foi lá com o Uga Uga e se rebarbou. A filha veio, foi uma merda. No dia seguinte, mataram o Maiko. Dizem que foi o Pássaro Preto. Porra, esse cara, de novo? Então pega a ordem de prisão e vamos lá na Sacramenta. Em que pedaço? Olha, a onda do Uga Uga é ali na passagem Santa Catarina. Lá pra dentro. Tem foto desse cara? Não. Ninguém tem. Ele não deixa. Porra, não tem foto, não tem gasolina na viatura, bala pra revólver, não tem provas e a figura ainda se entoca na Sacramenta. Tá foda. E tu achas que eu vou assim, contigo, na cara limpa, chegamos lá e dizemos que vamos prender o Uga Uga? Não, né, não tô louco e ainda tenho a porra da menina do saco. Putz, mas é que, olha, vamos lá na casa do garoto morto. Sei lá, a gente pergunta, assunta, alguma pista pode pintar. Mas olha, Cícero, nós vamos nessa, mas depois tu assumes.

Passagem Santa Catarina. Pode entrar? Dá licença. Polícia. Qual seu nome? Maria. A senhora é a mãe do Maiko. Sim. Era, né? Sinto muito. A senhora sabe quem matou seu filho? Silêncio. Viu alguma coisa? Silêncio. E as crianças? São irmãos? Viram alguma coisa? Quem atirou no Maiko? Queremos ajudar. Somos da polícia. Só ouvi. Senhora? Só ouvi o tiro. Mais nada. As crianças não sabem de nada, doutor. Senhora, a morte do seu filho precisa de justiça. Prender o assassino ou quem mandou matar. A senhora sabe? Doutor delegado, desculpe, mas eu não sei de nada. Aqui não tem lei, ou melhor, a lei é outra. Polícia, nunca tinha visto por essas bandas. Quando aparece aqui é só pra pegar um troco e ir embora. Ou então dá-lhe nos moleques. Então, desculpe, eu fico com a minha dor. Com licença. Saíram. Andaram em torno. Perguntaram a outras crianças. Alguns molecões. Nada. Riam. Quem foi? Viu? Nada. E o Uga Uga? Vocês conhecem? Todos riram. Ninguém disse nada. Tá foda. Desse mato não sai coelho. Gil, tenho uma ideia. Vou ligar pro Zico. Dia seguinte. Manhã cedo. Zico contrai o maxilar e indica a Cícero, de vigia, na taberna à margem da Senador Lemos, uma mulher que vai até a parada de ônibus. O policial seguiu a mulher que saiu da casa vizinha à da mãe de Maiko, segundo o X9. Desceu do ônibus na Brás de Aguiar e entrou no edifício Leônidas Castro. Cícero atrás. Polícia. Quem mora nesse andar? Doutor Otacílio Alcântara. Pode interfonar pra ele? Ele sai cedo pra deixar as crianças no colégio. Dr. Alcântara? Meu nome é Cícero Borges, sou investigador da polícia. O motivo desse contato é que preciso de sua autorização para conversar com sua empregada. Não é nada grave no que diz respeito a ela, posso lhe assegurar. Mas se o senhor permitir, eu gostaria de subir e falar antes com o senhor para explicar melhor. Não leva nem dez minutos. Novamente, as minhas desculpas. Não quero nem atrapalhar a rotina da casa. As crianças vão para o colégio, não é? Como é o nome dela? Adelina, o sobrenome não lembro, espera aí, querida, venha cá por favor. O rapaz é da polícia e quer conversar com a Adelina. Não, ainda não sei, mas ele diz que não é com ela. Como é o sobrenome da Adelina? Costa? Sim. Costa. E, afinal, do que se trata? Dona Adelina, eu segui a senhora até aqui... Eu não sei nada. Dona Carol, eu não fiz nada. Pelo amor de Deus, é o meu emprego e agora a polícia aqui! Dona Adelina, se acalme, por favor. É que estamos investigando a morte do seu vizinho, do garoto Maiko. Mas eu não sei de nada, doutor. Dona Carol, eu juro pelo que tem de mais sagrado neste mundo que... Dona Adelina, nós fomos ontem até lá na passagem Santa Catarina. Falamos com a mãe do Maiko, irmãos, vizinhos. Ninguém viu nada, ninguém sabe de nada. Está claro que todo mundo tem medo do Uga Uga. Uga Uga? Um traficante lá da Sacramenta. Ele mandou matar o Maiko, não foi, dona Adelina? Eu não sei de nada. Dona Adelina, só estamos nós aqui, e nesta casa a senhora está segura. Ninguém vai saber o que a senhora nos disser. Seu delegado, tenha pena de mim. Não tenho onde cair morta e o senhor... Por favor, dona Adelina, ajude a polícia. Está bem. Eu não vi. Não sei quem viu. Foi de madrugada. O garoto era avião do Uga Uga. Todos os meninos da redondeza são. O meu Waltinho é. Não quer mais saber de escola, nada. Fiz de tudo, até promessa pra Nossa Senhora do Perpétuo Socorro eu fiz e nada. Cabeça de vento, igual ao pai. Sabemos que o Maiko começou a namorar a filha do Uga Uga, largou de ser avião e ainda foi peitar o pai da menina. Isso eu nem sei. Só sei que pintaram a porta da casa do menino, tão bom, trabalhador, estava sustentando a casa, largando essa droga do diabo. Deram um tiro. E agora, doutor? Adianta fazer alguma coisa, me diz? Dona Adelina, então eu quero um favor. Um favor que a senhora pode fazer. Pergunte hoje de noite pro seu filho, Waltinho, não é? Pergunte para ele se viu alguma coisa, ou sabe quem viu. Pergunte pra ele se sabe onde mora o Uga Uga. Nada mais. Amanhã eu venho de novo só pra saber disso, tá? E então não vou mais lhe perturbar no seu trabalho. A senhora faz isso pra mim? Está bem. Faço. Faço pelo Maiko, que era um bom menino, tinha uma vida pela frente. Senhora, dr. Alcântara, desculpem a invasão. Eu já vou. Posso voltar amanhã?

Gil, porra, já leste o jornal? Estou aqui no local do crime, doutor. E o que é que tu me dizes? Doutor, infelizmente foi resultado da nossa investigação. Tem lei do silêncio, então nós seguimos a mulher quando saiu para trabalhar e interrogamos. Parece que vazou e agora ela tá morta. O IML já está aqui. Porra, Gil, isso é um escárnio com a gente. Prende esse filho da puta. Já tem vereador, jornalista e o caralho atrás de mim. Está bem. Alguém viu quem foi? A que horas isso aconteceu? Nada. Porra, vamos prender o filho da puta. Fica parecendo que a gente tem medo dele, porra. Doutor, sem acusação formal? Prende por prostituição, sei lá, o caralho! Doutor, pra gente entrar ali vai ser difícil. Uma operação. É reduto do cara. Todo mundo gosta dele. E a gente tem a tal da menina no saco. Porra, Gil, vê o que pode fazer. Depois o governador chama, a imprensa fala e quem roda primeiro sou eu. Prende esse filho da puta. Quem é o sacana? Jerônimo Santos, 52 anos, natural da Paraíba. Ficha limpa por lá. Não declara imposto de renda e, oficialmente, tem uma mercearia ali na Alberto Costa. Só. Ficha limpíssima. Ou alguém limpou. Porra, a gente não sabe nem a cara dele. Durante esse tempo todo ninguém ligou pro Uga Uga e ele foi crescendo e tal. Agora tá foda. Não adianta fazer disque denúncia. Ele manda ali. Manda médico em casa, paga funerária de quem morre, remédio, essas coisas de sempre. Esse lance do Maiko ficou estranho, mas foi por ciúme, acho, e depois o garoto se rebarbou, sei lá. Vamos seguir outra pessoa? Tem uma pessoa aí querendo ver um dos dois. Eu sou Walter. O Waltinho. Minha mãe falou com vocês antes de morrer. Vocês têm de pegar esse filho da puta. Quem? Ele, Uga Uga. E o Pássaro Preto. Ele matou minha mãe. O Pássaro Preto? Foi. Eu vi. Chamaram ela na porta e atiraram. E o Maiko? Mataram o moleque porque ele quis sair fora e ainda ia levar a filha do Uga Uga. Qual o nome dela? Auxiliadora. Nós chamamos de Dôra. Mas como foi? Ele começou a namorar com ela e não queria seguir como avião do sogro. Queria ganhar a vida e casar com a Dôra. Entrou pra Igreja e foi lá com o Uga Uga. Disse na lata. O cara se emputeceu, disse merda, uma cagada. No dia seguinte, ele mandou matar o moleque. Como é o esquema do avião? A gente fica circulando. O carro vem, a gente pega o dinheiro. O carro dá o balão e a gente pega o óxi. Não é mais crack? Óxi tá dando mais. O cara volta e a gente entrega. Pra quem? Pros pontas. Eles é que levam pro Uga Uga. E onde mora o Uga Uga? Não tem casa certa. Ele tem umas quatro mulheres. E tem também o motel dele. Não fica fixo. E a Dôra, ficou do lado do pai? Acho que não. Mas ela tá trancada na casa dela. Onde ela mora? Com a mãe. Na Diógenes Passos, uma passagem. Tu queres ajudar? Quero. Quero matar o filho da puta. Relaxa. Deixa com a gente. Porra, o negócio é o seguinte: a gente não pode entrar naquela área com muita gente e prender o sacana, tá ligado? Vai dar o maior pé de pica. Então tu vais precisar entregar ele. Ele não sai nunca? Não vai ao médico, cinema, futebol, sei lá. Tu descobres? Vou descobrir. Tens celular? Me liga. A qualquer hora. Delegado Cícero? Porra, sou investigador, não sou delegado, já te disse. O Uga Uga vai botar a cara de fora. O quê, rapá? No sábado ele vai pro bingo, ali na Pedro Álvares Cabral, tá ligado? Sei. Como assim? Tô sabendo. Vai com uma das dona dele, Dudu. Mas pera aí, como eu vou saber quem é o Uga Uga? Ele tem um Jetta branco, todo estiloso. Escuta, me encontra no IT Center, bem na frente, oito da noite, tá ligado? Tá. Cara, tô com a faca no pescoço. Não dá mancada nem vem de montão. Se ele descobre eu é que levo farelo. Escuta, não é tarde? Não. Antes disso ele não sai. Porra, tô só na parada? Tá. A garota do saco vai se resolver de hoje pra amanhã. Já temos tudo. Acho que de manhã cedo a gente dá voz de prisão pro filho da puta. Não tenho ninguém pra te ajudar. Te vira. Não dá pra ser outro dia? Porra, não sei nem a cara do filho da puta, e tu já queres que eu telefone e marque o dia pra prender o sacana. Não tenho, Cícero, sei lá. Se feder pro teu lado, me liga, que eu dou um jeito. Faz o seguinte, segue o cara. Se der, faz foto no celular. Se não der, tu já sabes quem é. Anota a chapa do carro, essas coisas. A gente resolve essa parada do saco e vai nele, falado? Cícero sabe que esse caso pode ser vital para sua carreira. Estuda direito na Unama. Quer ser delegado, subir na hierarquia. É da jovem guarda da polícia. Mas pegar o Uga Uga sozinho é muita areia pro seu caminhão. É pegar ou largar. Se consegue detê-lo sozinho, seu prestígio sobe feito foguete adrianino. Ele se pergunta se obedecerá as instruções do chefe ou arrisca tudo em uma jogada que pode ser bem fácil.

    Fala, tio. Agora a gente vai até ali na Costa Ribeiro e estaciona. Aí a gente entra e passa na frente da casa pra tu veres o Jetta, tá ligado. E por que não aproveita e... Tá doido? Tem segurança. Agora, pro bingo, ele vai soltinho. Não dá na vista. Se mistura. Lá fora ele é qualquer um, não o Uga Uga, tá ligado? Que horas ele sai? Porra, umas dez, eu acho. Já falta pouco. A gente podia parar ali na taberna. Não. Que parar. Continua andando, tio. Aqui todo mundo olha e sabe. Eu já tô fazendo muito, mas é por causa da mãe e do Maiko. Quando voltaram, olhou e não viu o Jetta. Quedê! Lá vai, tio, vamos! Correram até o carro. Vai em frente, pra esquerda, agora. Olha lá ele? Uga Uga não tinha pressa. O Jetta ia devagar como quem desfila, como quem curte seu sábado à noite. Sonzão. Soninha Batidão. Tio, vou vazar. Agora é contigo. Valeu. O Jetta desfilou pela Senador Lemos, Rodovia dos Snapp, Pedro Álvares Cabral e entrou no Golden Palace Bingo. Uga Uga desceu com uma falsa loura gostosa, entregou as chaves e o segurança da casa foi estacionar. Cícero deixou seu Palio lá fora. Entrou e reconheceu na passada o segurança Magic Johnson, de outros embalos. Cercou Uga Uga e ficou à espreita, agarrado em uma cerpinha. Sem condição de fazer foto. Olhando de perto, ninguém dá nada pelo cara. Baixinho, gordinho, moreninho, se mistura. O trafica circulou à vontade, cumprimentou pessoas, jogou em algumas máquinas, depois foi para o bingo. Não bateu nenhuma vez, mas sua companhia vibrava muito. Ele aproveitava para dar-lhe uns beliscões nas coxas. A mulher gostava. Lá pelas duas e tantas da manhã, resolveu sair. Cícero ficou nervoso. Saiu antes, pensou em dar voz de prisão. Vieram trazer o Jetta. Como abordar? Porra, assim é foda, sozinho, sem apoio. Vou seguir o sacana, pensou. Paciência, não deu. Mas agora sei quem é, chapa de carro, enfim, fica para uma próxima, foi uma aposta pesada, e sabe, até que sinto um alívio porque ia ser barra pesada prender, o cara. Ôpa! Uga Uga não voltou para a Sacramenta. Foi direto para a AP, a famosa Pororoca. Cícero atrás, respirando rápido. Tecnomelody no ar. Fumaça, calor, suor, corpos se esfregando ao sabor do ritmo. Uga Uga foi fundo. O garçom ia e vinha trocando os baldes com cervejão. Cícero foi ficando puto, se sentindo um trouxa. O dia amanhecendo e ele seguindo um puto daqueles. Ele agora vai embora. Camisa aberta no peito. A falsa loura o ampara. É agora, pensa Cícero. Hesita. Que merda, toma coragem, o cara tá mamado, sozinho. Porra, Cícero, não treme. Não deu. Segue o Jetta. Cícero no Palio. Agora vai voltar. Sacramenta. Passagem Santa Catarina. Ih, será que vai no motel abater a loura? Será agora? Quando parar na porta do motel? Antes, porque lá há vigilância. Não pode deixá-lo entrar no motel. Ih, o sinal fechou. Bateu no Jetta. Taquiopariu. Uga Uga vem rebarbado. Cícero sai e enche o peito. Tá preso, porra. Polícia. Recebe um safanão. Cai no chão. Chutes no peito e no rosto. A mulher grita. Cala a boca, porra. Entra no Jetta. Não consegue dar partida. Sai e vai correndo na direção do motel. Cícero levanta. Vai no carro. Está engatado no outro. Pega o revólver. Dá um tiro para o ar. Uga Uga dobra em uma passagem. Cícero vai atrás. Ao fundo, ouve sirenes de polícia. Será que alguém vem ajudar? Será que vou atrás, sozinho, na área do cara? Uma freada forte. Outro acidente? Segue correndo. Manhãzinha de domingo. Algumas pessoas vão acordando. Ele corre. Uga Uga entrou em um carro que ele não conhece, mas nessas ruelas não dá para correr. Aos poucos, perde a corrida. E agora passam por ele carros da polícia. Atrás, correndo, vêm uns cinco caras de revólver na mão. Perdeu! Perdeu! Cícero corre. Dois ou três quarteirões à frente, uma confusão. Carros de polícia. Os caras voltam e se mandam.

Porra, Gil! Cícero, que houve, todo batido! O Uga Uga. Eu sei. Está ali no barraco. Ele mais o homem do saco. Juntos? É. Doutor Carlos Alberto? Me chama de Tripa. Todo mundo me chama de Tripa. Porra, é minha área, eu vou lá. Delegado Cícero! Hum, delegado Cícero? Waltinho, porra, já te disse que sou investigador, porra. Delegado aqui tem dois, dr. Gil e dr. Carlos Alberto. Que foi, porra! Tu é avião que eu sei. Tô na paz, dr. Tripa, tô na paz. O garoto está dando uma força pra gente, mas assim, na moita, OK? Desembucha. Doutor, deixa eu resolver. Melhor do que morrer gente, né? O Uga Uga tem filha, tem família, não carece de matar ou morrer. Deixa eu ir lá trocar uma letra com ele. Porra, dois delegados, investigadores e quem vai resolver o caso é um moleque? Ah, vai te foder. Espera, Tripa. Talvez seja melhor.

Depois, não custa nada. Tá dominado, mermo... Porra, Gil, tu é coração mole mesmo. Ih, agora é que fodeu mesmo. Olha quem tá chegando. Fala, Tripa. Urubu! Vai tomar no teu cu, Gil. Vai pra puta que te pariu. Olha o respeito, porra, todo mundo olhando. Cala a boca. Então vai, porra. Te dou cinco minutos. Contando a partir de agora. Vai. Waltinho caminhou lentamente pela tábua sobre o terreno alagado. Bateu na porta. Seu Uga Uga, é o Waltinho. Deixa eu entrar. Quem é Waltinho, porra? É avião meu, porra. Não sei qual é a dele. Acho que pode ser meu esquema. Esses porras da polícia todos eu pago, porra. Encho o cu deles de dinheiro. O garoto deve vir propor alguma coisa. Senão eu vou sair, direto, porra, quero ver alguém me prender. E eu? Tu eu não sei. Vamos ver o que ele diz. Entra. Seu Uga Uga, tá cercado. Tá cheio de polícia. E ele, quem é? Encontrei no caminho. E agora, o que vai ser? Tu vieste a mando de quem? Tá aí o Tripa. Ih, o filho da puta tá no bolso. É, mas tá também o delegado Gil. Eles estão interessados em ficar só com o senhor (e pisca um olho), por causa que o senhor é traficante e tal. Ele é só um aí, basta se entregar que eles liberam. Mas como liberam se foram em casa me prender? É, mas eles não contavam com um peixe grande como ele. Sei lá, tá parecendo difícil. Eles disseram que essas são as ordens. Ordens? Ah, bom. Tá certo, já entendi. Seu Uga Uga, o senhor precisa me dar sua arma. Foi esse o trato. Eu saio com a arma e depois vocês. Tá bom, toma essa porra. Quero é ir pra casa que tá dando uma ressaca filha da puta. Waltinho recebeu a arma e imediatamente atirou na cabeça de Joseleno, que morreu instantaneamente. Virou para Uga Uga. Desculpe, meu sogro, mas vou ficar com a boca e também com a filha. E ainda sou herói. Antes de entender, Uga Uga estava morto.

É o Show do Urubu no ar, mais uma vez, em um furo nesta manhã de domingo. Uma grande operação da polícia acaba com as mortes de dois perigosos meliantes. O primeiro é Joseleno de Aguiar Matos, acusado do que ficou conhecido como o "crime do saco", além de outras mortes, com os corpos das vítimas cheios de tatuagens. O segundo é Uga Uga, o famoso traficante da Sacramenta. Duas perseguições acabaram, por coincidência, no mesmo lugar. E há um herói, meus amigos. Trata-se de Walter Amador, o Waltinho, jovem de apenas quinze anos, morador da passagem Santa Catarina que, ao presenciar o cerco da polícia, decidiu tomar uma atitude. Em vez de ficar esperando os acontecimentos, foi até o barraco onde estavam homiziados os bandidos. Lá dentro, presenciou uma discussão que acabou pela morte dos dois e uma solução sem outras vítimas. Quando saiu do barraco onde o tiroteio aconteceu, Waltinho foi aplaudido pela vizinhança, que já estava revoltada com as ordens de Uga Uga, que atuava como um ditador nestas imediações do bairro da Sacramenta. Com a morte dos dois bandidos, Belém acorda um pouco mais segura neste domingo. Fiquem ligados porque logo logo tem mais um furo de Orlando Saraiva, no Show do Urubu!